夢馬

穿行 诗与思的边界

Lob der Erde

Eine Reise in den Garten

—

Byung-Chul Han

大地颂歌

花园之旅

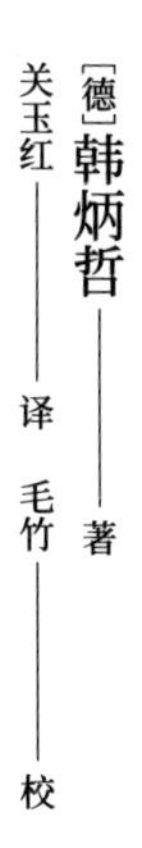

[德] 韩炳哲 著

关玉红 译 毛竹 校

中信出版集团 | 北京

图书在版编目（CIP）数据

大地颂歌：花园之旅 /（德）韩炳哲著；关玉红译
. -- 北京：中信出版社，2024.5
ISBN 978-7-5217-6458-1

Ⅰ. ①大… Ⅱ. ①韩… ②关… Ⅲ. ①散文集－德国
－现代②日记－作品集－德国－现代 Ⅳ. ① I516.65

中国国家版本馆 CIP 数据核字 (2024) 第 059700 号

大地颂歌：花园之旅

著者：　[德] 韩炳哲
译者：　关玉红
校者：　毛　竹
出版发行：中信出版集团股份有限公司
（北京市朝阳区东三环北路 27 号嘉铭中心　邮编　100020）
承印者：　嘉业印刷（天津）有限公司

开本：787mm×1092mm　1/32　　印张：5　　字数：79 千字
版次：2024 年 5 月第 1 版　　印次：2024 年 5 月第 1 次印刷
京权图字：01–2024–1534　　书号：ISBN 978–7–5217–6458–1
定价：78.00 元

目　录

你且问走兽，走兽必指教你；

又问空中的飞鸟，飞鸟必告诉你。

或与地说话，地必指教你；

海中的鱼也必向你说明。

看这一切，谁不知道是耶和华的手做成的呢？

——《圣经·约伯记》12:7-9

前　言

Vorwort

有一天，我感受到一种深深的渴望，一种想要亲近大地的急切需求。于是，我决定每天去做园艺。经历了三次春夏秋冬四季轮回，我在被我称为秘苑（Bi-Won，韩语“秘密花园”）的花园里侍弄花草已有三年。之前住在这里的人在玫瑰拱门上安装了一个心形的牌子，上面写着“梦之园”，我没有动。我的秘苑其实也是个梦之园，因为我在那里梦见了来临中的大地。

园艺对我来说是一种静默的沉思，是在静默中的驻留。它使时间逗留不前，芳香弥漫。我在花园里越久，对大地的敬重，对其令人陶醉之美的敬重就越强烈。现在我坚信，大地为神之创造。这是花园帮我建立的信念。准确地说，这是一种洞见，一种在我看来业已带上明证性的确信。“明证”

（Evidenz）本意为“看”（Sehen）。我已然“看”到。

在花朵竞相开放的花园里驻足停留，使我再次变得虔诚。我相信伊甸园曾经存在，也将再次出现。我相信神，相信造物主，相信这位总是重新开始并以此让一切从头再来的玩家。人，作为神创造之物，也必须参与到游戏中。工作抑或绩效正在摧毁这场游戏，它们都是盲目、赤裸、不堪言状的“做”（Tun）。

在眼前这本书中，某些字句是在祈祷，在告白，在对大地和自然进行爱的告白。没有什么生物学的进化，一切都归因于神的运行（göttliche Revolution）。这是我的体会。生物学也是一门神学，是神的教导。

大地不是死的、无生气的、沉默的存在，而是一个善言的生命体，一个生机勃勃的有机体。就连石头也有生命。痴迷于圣维克多山的塞尚深谙石崖的神秘及其特殊的活力和力量。老子曾经教导说：

> 天下神器，不可为也，不可执也。为者败之，执者失之。（《老子》第二十九章）

大地作为“神器”是脆弱的。今天我们恰恰正在残暴地利用它，蹂躏它，并由此彻底摧毁它。

大地发出请求，要我们爱护它，善待它。“爱护”（schonen）在词源上与“美”（schön）同源。美要我们承担爱护它的责任，确切地说，是下达爱护它的命令。要对美爱护有加。爱护大地乃是一项紧迫的任务，是人类的责任，因为大地如此美好，如此壮丽。

爱护它，就要赞颂它。以下文字皆为赞美诗，是对大地的赞颂。对大地的赞颂听起来应像一首美妙的大地之歌。然而，对一些饱受自然灾害之苦的人来说，这大地之歌听起来更像凶讯。自然灾害是大地对人类之鲁莽和暴行的愤怒回应。我们已经完全失去了对大地的敬畏，因此既看不到也听不到这种凶讯罢了。

《冬之旅》

Winterreise

我特别喜爱舒伯特的《冬之旅》。尤其是其中的《春梦》，它是我常唱的一首歌。

我梦见缤纷的鲜花，
仿佛在五月里盛放；
我梦见翠绿的草地。
鸟儿在快乐地歌唱。

当那雄鸡报晓，
我从梦中苏醒。
四周又阴又冷，
屋顶乌鸦啼鸣。

是谁在玻璃窗上，
画了那些绿叶？
莫非是在嘲笑痴人做梦，
冬天里竟也看见鲜花？

一本关于花园的书，为何要从冬天和《冬之旅》说起？要知道，冬天意味着园艺季节的彻底结束啊。我并不打算在书中讲述自己的春梦，或者效仿曾经拍摄 5 000 片雪花的威尔逊·本特利（Wilson Bentley），像他那样献身于冰花之中。

柏林的冬季很恐怖，可以摧毁一切。地狱之火也比这永远潮湿阴冷的冬气更容易忍受。这里的冬天似乎日月无光。

这确实是冬天，
寒冷、狂野的冬天！

柏林冬季的肃杀，激发了我对隆冬时节光彩照人、花团锦簇的花园的形而上渴望。

很遗憾，贝托尔特·布莱希特的理想花园不存在于严寒的冬月。只有在 3 月到 10 月，那里才会百花齐放。

> 湖畔，在冷杉和银白杨树深处，
> 被墙和灌木丛围挡着的花园，
> 巧妙地种植着不同季节的花卉，
> 从三月到十月都有鲜花盛开。

我显然缺乏园丁的那种智慧，因为我已经决定建造一个从 1 月到 12 月一直有鲜花盛放的花园。相比园丁的“释然”（Loslassen），我更推崇形而上学——园丁智慧的形而上追求。

温 室

Wintergarten

罗兰·巴特的《明室》也继承了这种形而上追求的衣钵。这是一本哀悼的书，是对丧恸的疗愈，是对与他一起生活了一辈子、已经死去的母亲的呼唤。这本书围绕一张照片展开。巴特对这张照片是那么魂牵梦萦，却并未让它出现在书中。通过这种缺席，照片焕发出光辉。那是一张母亲 5 岁时在温室里的照片。

> 母亲就站在温室中靠后的地方，她的脸模糊不清，有些褪色。我顿时激动了起来："是她，是她，那就是她！"

巴特区分了摄影的两个要素：认知点（studium）和刺点

（punctum）。认知点是我们可以从照片中读出的信息，因此具有可研究性。刺点则相反，它不提供信息，从字面看，它的意思是被刺之物，源于拉丁文 *pungere*（刺）。它击中并震撼着照片的观者。

对我来说，《明室》的刺点是书中未出现的、他唯一的所爱——母亲所处的温室。我看出了温室的双重意义。它既是一个象征死亡与重生的地方，也是一个形而上的疗愈丧恸之地。《明室》在我眼中是一个鲜花盛开的花园，是暗黑冬日里的一道“明亮的光”，是内在于死亡中的生命，是已逝生命之今日重生的庆典。一道形而上的光将暗室转化为明室，转化为一个明亮的温室。

罗兰·巴特喜欢浪漫歌曲。他还去上了歌唱课。我很想听他唱歌。我常常想象，巴特创作的时候会边写边唱，抑或边唱边写。《明室》本身就是一种浪漫的组歌，共有 41 首歌曲（章节）。其中第 29 首歌题为《小女孩》。

在我看来，《明室》是另一种形式的《冬之旅》。罗兰·巴特踏上旅程，穿越“亡者国度”，去追寻母亲，追寻他所爱之人。为了寻找母亲的真理，他开始了无尽的漂泊。

在我的观察中，还有一点不能被忽视，那就是我用重回先时（Zeit）[1]的办法发现了这张照片。希腊人走进死亡的时候是倒着走的：在他们面前的，是他们的过去。我也以这样的方式穿越生命，不是我自己的生命，而是我所爱之人的生命。

温室的照片“就像舒曼陷入精神错乱之前谱写的最后乐章——《拂晓之歌》，其中第一曲与我母亲的心性，也与母亲去世带给我的痛楚发生了共鸣”。《拂晓之歌》是由5首小型钢琴曲组成的套曲，是罗伯特·舒曼一生最后的钢琴作品。在企图自杀的三天前，他曾称这部作品为“描绘清晨即将来临、天逐渐明亮起来的感受”的“歌曲集”。对于这部作品，克拉拉·舒曼起初不知所以：“这又是一组饱含作曲家个人风格但不太好理解的作品，一种完全舒曼式的情绪蕴含其中。”

《拂晓之歌》充满对生命再次觉醒和重生的憧憬。它们是哀悼之歌，听者可以感受到深深的忧郁，它们关涉死亡与

---

1 译者将此处的 Zeit 理解为后文的 Vor-Zeit，因此与后文保持相同译法，大意是指跳出时间看时间，回到整个时间的前面来审视时间。（本书脚注均为译者注）

重生。舒曼的《西班牙艺术歌曲集》已经唱出了人们对清晨的渴望，对生命觉醒的渴望。

清晨何时，何时到来。
何时，到底何时啊！
那将我的生命从这些束缚中解放出来的清晨？
她的眼，因为痛苦而如此浑暗，
只见爱的情凄，
不见一丝欢意。
只见新伤摞旧伤，
旧苦续新愁，让我
在漫长的生命中
没有一刻欢愉。
如果最终有那么一天，
请让我看到那一刻欢愉，
我从未见过的那一刻欢愉！
清晨何时到来，
将我的生命从这些束缚中解放出来。

神秘的光晕笼罩着这首《拂晓之歌》。无尽的忧郁到头来要靠谵妄拯救。从不露声色的欢快时刻中，在容光焕发与心醉神迷的瞬间里，慢慢地有一道道光芒射出，它们打破了黑暗，阻断了忧郁。

这里的拂晓，是置于一般意义上的时间之前的“先-时”（Vor-Zeit）。在那里，倏忽的时间、生与死的时间都不复存在。《拂晓之歌》激发并限定了我对花朵盛开的冬日花园（温室）的想象，也奠定了本书的基调。

他者时间

Die Zeit des Anderen

花园让我更深刻地体验到四季的变化。冬日临近，苦楚加剧。光愈加微弱、稀薄、惨淡。我从未如此关注过光。那垂死之光让我感到疼痛。在花园里，四季的更迭首先由身体感知。雨水桶里的水冰冷刺骨。然而，我感触到的这般疼痛却是让人舒适的，甚至是让人振奋的。花园让我回归现实，回归在温度适宜的数字世界中日益丧失的躯体。这躯体不识温度、痛楚、肉身。花园则是富于感性和物质性的地方，比屏幕更尘世化（welthaltiger）。

做起园艺后，我对时间有了不同的感受。它明显慢了下来，开始延伸变长。下一个春天好像与我隔了半辈子。下一片秋叶距离我也是难以想象地遥远。就连夏天的到来也是无限久远以后的事情。冬天就这样一直持续了下去，在冬日花园里的劳作将时间拉长。在我当园丁的第一年，冬天从未如此漫长。我饱受寒冷和霜冻之苦，但这不是为我自己，而是为那些即使在大雪和持续霜冻中也能开花的植物。我的操心，主要是为花而操劳（Fürsorge）。花园让我又进一步地远离了自我。我没有孩子。但在花园里，我渐渐了解了操劳，即为他人操心。花园成了一个爱之地。

花园时间是他者时间。那里存在我所不具备的本原时间（Eigenzeit），每种植物都有自己的本原时间，许多本原时间还相互交叉。秋番红花和春番红花看起来很像，但它们对时间的感知完全不同。令人惊奇的是，每一种植物都有自己特有的，也许比今天已然将时间虚无化、碎片化的人类更强烈的时间感。花园使人能够深入地体验时间，在我做园艺时，时间变得充裕起来。人们为之劳作的花园会给人诸多回报，它赋予我“存在与时间”。不确定的等待、必要的耐心、缓慢的成长带来了一种特殊的时间感。在《纯粹理性批判》中，康德将认识描述成一种有收获的活动。按照康德的说法，认识要做的是实现“确实新的收获”[1]。在《纯粹理性批判》第一版中，康德用的词则是“增添”（Anbau）[2]，而非“收获”（Erwerb）。康德为什么在第二版中用“收获”取代“增添”呢？

也许，“增添”会让康德过多地想到自然威力，想到大地，想到大地中充斥着的不确定性和不可预测性，想到自然的反抗和力量，它们会严重破坏康德哲学中主体的自主性和自由感。城市中的劳动者可以不受季节变化的影响完成工作，这对受制于节气的农民来说是不可能的。等待或耐心被康德贬低为“妇人德性”，而托付给大地的东西要慢慢生长，它们恰恰需要这种德性。对康德的主体来说，这可能是陌生的。农民所面临的不确定性对康德的主体来说，似乎难以忍受。

在《爱与认识》（*Liebe und Erkenntnis*）中，马克斯·舍勒指出，奥古斯丁“以一种奇特、神秘的方式”赋予植物一种需求——“被人类注视，就好像获得爱的引导，认识

---

1 康德：《纯粹理性批判》（第二版），见《康德著作全集》，第3卷，李秋零译，北京，中国人民大学出版社，2004年，第33~34页。

2 康德：《纯粹理性批判》（第一版），见《康德著作全集》，第4卷，李秋零译，北京，中国人民大学出版社，2005年，第18页。

到自身的存在，并由此获救一般”。认识不是收获，不是我的收获，不是我的救赎，而是他者的救赎。认识即爱。爱的注视和被爱引导着的认识，将花从存在缺失的状态中救赎出来。因此，花园也是一个救赎之地。

回归大地

Zurück zur Erde

我们称大地是苍穹繁花中的一朵，而称苍穹为无边的生命之园。

——弗里德里希·荷尔德林《许佩里翁》

关于我对舒伯特表现出的热情，阿多诺给出了哲学的解释："面对舒伯特的音乐，眼泪未经问询灵魂就先行夺眶而出。"因此，我们哭，却不知为何而哭。舒伯特的音乐解除了作为"行动主体"的自我的武装。它震撼了自我，并引发了近乎前反思的、反射性的哭泣。

溶于泪水后，自我放弃了它的优越性，并意识到本身的自然性。它哭泣着回归大地。对阿多诺来说，大地是将自身绝对化的主体的对极，它将主体从自身的禁锢中解放出来。

> 浸入自然的体思（Eingedenken von Natur）消解了自我设定的倔强：“泪水涌出，大地再次拥我入怀！”回归大地的本我在精神上从自身的禁锢中走出。

世界的数字化，无异于全面的人化和主体化，这会让大地彻底消失。我们用自己的视网膜蒙蔽大地，因此才对他者视而不见。

> 人类在有别于主体精神的事物上的范畴网络越细密，就越彻底地摆脱了对他者表示惊奇的习惯，也就越会用这种更加强烈的熟悉骗走自己的陌生感。

德语中的“数字化”（Digital）用法语表达是 numérique（意为“由数字组成的”）。数字的组合让世界失去神秘，失去诗意，失去浪漫。它剥夺了世界所有的神秘感和陌生性，将一切转化为已知、平庸、熟悉、“我喜欢”和趋同。一切都变得可以被“同”化（ver-*gleichbar*）。面对数字化，世界迫切需要再浪漫化，需要寻回大地和大地的诗意，恢复大地神秘的、美的、崇高的尊严。

这是我有生以来第一次挖土。拿起锹，我深入了大地。挖出的灰色沙土对我来说是陌生的，甚至是不可思议的。我惊奇于它神秘的沉重感。在挖土的过程中，我碰到了许多根，但却无法将它们与附近的任何花草树木对应到一起。地下竟有如此神秘的生命，在此之前，我对此一无所知。

柏林的土地非常特别，是由冰河时期的沙子沉积而成。这种土地也被称为北德海岸荒原高地或沙积高地。这个概念可以追溯到低地德语单词 gest，意为干燥或贫瘠。

柏林位于一条冰川峡谷中，它大约形成于 18 000 年前最后一个冰河时代——维斯瓦河冰河时代末期。在法兰克福冰河时期，内陆冰的融水由此流过。它与更南边的巴鲁特冰川峡谷一起形成于维斯瓦河冰河时代的勃兰登堡时期，并成为通往北海盆地的疏水通道。

如果我们认真研究地球史，就会对大地产生深深的敬畏。不幸的是，今天的大地被过度利用，已然面目全非。我们应该学会重新建构对大地的惊奇，惊奇它的美丽和陌生，惊奇它的无与伦比。在花园里，我体验到大地的魔力、谜魅与神秘。如果把它当作一种可供榨取的资源，就已经是在摧毁它了。

舍内贝格的圣马太公墓位于一座小山丘上。通往公墓的大格尔申大街地势略高，在这里，融化的冰水飞泻而下，塑成了今天的斜坡。公墓就在这个山坡上。格林兄弟和黑格尔的儿子伊曼努尔·黑格尔都葬在那里。坡顶是舍内贝格的最高点。在史前时代，冰水会从附近略微倾斜的朗氏大街上流过。

我经常在惊奇中触碰和抚摸大地。对我来说，大地发出的每一个嫩芽都是真正的奇迹。令人难以置信的是，在寒冷、黑暗的宇宙中，竟然有一个像地球这样的生命栖息地。我们始终都要明白，我们生存于一个渺小却繁荣的星球上，此外的宇宙没有生机，我们是行星物种，要有行星意识。不幸的是，今天的大地正受到如此残暴的剥削。它几近流血而死。比如，为了争夺所谓的稀土，人们正在与被毒品麻醉的儿童兵打着血腥的战争。今天，我们失去了对大地的一切感知。我们再也不知道大地是什么。我们只把它当成一种资源，以可持续的方式对其加以利用已是最佳情况。保护大地意味着让大地回归本质。海德格尔就拯救大地如此写道：

终有一死者栖居着，因为他们拯救大地——“拯救”一词取自莱辛还识得的古老意义。拯救不仅是使某物摆脱危险；拯救的真正意思是把某物释放到它本己的本质之中。拯救大地远非利用大地，甚或耗尽大地。对大地的拯救并不是要控制大地，也不是要征服大地——后者不过是无限制的掠夺的一个步骤而已。终有一死者栖居着，因为他们接受天空之为天空。他们一任日月运行，群星游移，一任四季的幸与不幸。他们并不使黑夜变成白昼，使白昼变成忙乱的烦躁不安。（孙周兴译）

自从我在花园里劳作以来，我的内心一直被一种奇特的感觉萦绕。对于这种感觉，我前所未识，身体却有强烈的感知。这可能是一种令我快乐的大地感（Gefühl der Erde）。也许大地是今天与我们渐行渐远的幸福之同义词。因此，回归大地就意味着回归幸福。大地是幸福的源泉。尤其是在世界数字化的进程中，今天的我们正将大地离弃。我们再也接收不到大地那令人振奋和愉悦的力量，她被缩小到只有屏幕那般大。

对诺瓦利斯来说，大地是一个救赎和幸福之地。在他的小说《海因里希·冯·奥夫特丁根》中，一位老矿工唱了一首美妙的大地之歌：

他是大地之主，
测量她的深度，
在她怀里忘却
每个忧伤悲戚。
他与大地结缘，
对她情深意长，
被她燃起热情，
仿佛她是他的新娘。

世界的浪漫化

Romantisierung der Welt

诺瓦利斯给浪漫主义定义如下：

> 当我赋予卑贱物以崇高的意义，赋予寻常物以神秘的模样，赋予已知物以未知物的庄重，赋予有限物以无限的表象，我就将它们浪漫化了。

冬日花园是一个浪漫之地。隆冬时节，每一个生命绽放的迹象都有一种神秘、魔力、童话般的感觉。鲜花盛开的冬园保持着无限之物的浪漫表象。

蓝花（blaue Blume）是浪漫主义的核心象征。它代表着爱和憧憬，体现了对无限的形而上渴望。在诺瓦利斯的《海因里希·冯·奥夫特丁根》中有一个梦境，蓝花出现在主人公面前：

> 他甜蜜地睡去，梦到了难以描述的奇事，而另一道光亮又让他从梦中醒来。他发现自己正在一股泉水边柔软的草坪上，泉水汩汩而出，仿佛要将自己流干。稍远处立着带有彩色岩脉的深蓝色岩崖；他周围的日光比平日里更加明亮温和；天空清澈湛蓝。但最吸引他的是一朵高大的浅蓝色花朵，它最初在泉边，用宽大而闪亮的叶子触碰他。周围有无数色彩缤纷的花朵，空气中花香四溢。然而，他极目所见只有那朵蓝花，并以不可名状的温柔之情长久地注视着它。最后，当他正准备接近时，蓝花突然开始移动和变化；叶子变得更加闪亮，花朵垂向渐渐变高的花茎，向他靠拢，花瓣外翻，里面闪动着一张姣好的面庞。

开满蓝色花朵的花园会很浪漫吧。据说，南美天芥菜（*Heliotropium arborescens*）是蓝花的真实原型。它又名至日（Sonnenwende，冬至 / 夏至），散发着香草的柔和味道，因而也被称为香水草。诺瓦利斯的这种浪漫之花在我的花园里盛开，旁边是同样开蓝花的矢车菊和亚麻。

诗歌《蓝花》出自艾兴多夫（Eichendorff）之手。在浪漫主义时期，蓝花发展成永恒憧憬和为找寻幸福而漫游的象征：

我寻觅着蓝色的花儿，
找啊找，到处寻不到它，
梦幻中，花蕊中间，
炽烈地闪耀着我的幸福。

我带着竖琴去漫游，
穿过了乡村、城市和草地，
茫茫天地间可有一处地方，
让我觅得蓝色的花儿。

我游历了多长多久，
早就抱定了主意和希望，
然而从未有一块地方
让我觅得蓝色的花儿。
（曹乃云译）

根据歌德的色彩理论，蓝色与黄色不同，它是内含黑暗的色彩。蓝色对眼睛有一种“独特且几乎难以形容的影响”。“最纯粹的蓝色仿佛是一种夺人的虚无。”“夺人的虚无”，这真是唯美的表达。浪漫本身就是一种“夺人的虚无”。蓝色是“蛊惑与宁静这对矛盾的综合体”。蓝色首先是遥远的颜色。因此，我喜欢这浪漫的颜色，它唤醒了憧憬。

> 正如我们看到高空和远山是蓝色的那样，蓝色的外表似乎会给我们一种退避感。正如一样好物从身边掠过时我们愿意追过去那样，我们喜欢凝视蓝色，不是因为它催逼着我们，而是因为它牵引着我们趋近它。

蓝色是诱惑、欲望和憧憬的颜色。它和黄色相反。我其实不太喜欢黄色，因为它是“最接近光的颜色”，而我是夜猫子，会避开刺眼的光。黑夜会给我一种安全感，所以我整个上午都在睡觉。比起阳光，我更喜欢明亮的阴影。黄色对我来说似乎太过欢快和无忧无虑。它虽然不是我喜欢的颜色，但在我的冬日花园里却被给予了很大空间，因为许多冬季开花的植物都开黄色的花，例如冬菟葵、迎春花。没有哪种颜色比黄色能给冬天带来更多的光。因此，它是希望的颜色。

冬樱花

Winterkirsche

大地以黄梨似金

和野玫瑰的花丝如锦

投影于湖中，

优雅的天鹅，

陶醉于亲吻

不断探首于

灵澈的水中。

堪叹冬日将至，

哪儿是我寻觅花朵的地方

还有阳光

和大地的一片阴凉？

城墙无语立孤寒

> 风声里
> 画旗泼喇翻。
> ——弗里德里希·荷尔德林《许佩里翁》(欧凡译)

在歌德《少年维特的烦恼》中，有一个在冬天为爱人寻找鲜花的疯子：

> 可怜的人呀！我是多么羡慕你的癫狂，羡慕那折磨着你的神志错乱！寒冬腊月，你满怀希望出去给你的女王采花，还为没有采到而悲伤，而你不理解为什么找不到花。

人们会认为，冬天的花只是梦与幻想。但是，不一定非得做梦人才能在冬天看到花，因为有不少植物就喜欢在冬天开花。一些冬季开花的植物甚至不惧怕持续的霜冻。许多冬季开花的植物即使在大雪纷飞时也会开花。这真令人欣慰。

我的园艺始于夏天，初衷就是要让花园在冬天里鲜花盛放。我痴迷于这个想法，甚至陶醉其中。让所有冬季开花的植物齐聚一园是我的野心。

在介绍冬季开花的植物之前，我想先提一下雏菊。当看到它们在草坪上开始绽放时，我的心情无比愉悦。小雏菊的美在于它的素雅、含蓄。但我很快就发现，它们在草坪上肆意蔓延，将草地驱除。于是，我把它们视作杂草，并试图通过各种手段将它们从草坪上清除。我甚至使用了化学品、除草剂。但现在，在冬天，我又开始喜欢上它们，并为我的错误行为道歉，因为它们在冬天继续无畏地绽放，丝毫不在乎那致命的寒冷。这漫长的花期可能是它美丽的植物学名称“延命菊”（*Bellis perennis*）的由来，意为“持久美丽”。它是一种具有形而上追求的花，真正的柏拉图式的花。有些花在冬季霜冻期间继续坚定地绽放。明年春夏，我不会再对它们充满敌意，我会欣然允许它们待在草坪上，这样它们就可以无所畏惧地面对寒冬。“持久美丽”会喜欢待在我的花园里。杂草不会死，因此，“延命菊”是不朽的形象。

当花园经历第一次霜冻后开始陷入荒凉时，迎春花（*Jasminum nudiflorum*）给我带来了惊喜。它在寒冬腊月绽放出明黄色的花朵。那郁郁葱葱的绿色枝条也给寒冬的花园带来了春天的气息。迎春花很像连翘。但与连翘的四瓣花不同，它有 5 片或 6 片花瓣。迎春花创造了真正的奇迹。它像魔术师一般为我们在隆冬时节变出一个春天。迎春花的魅力在于它的花朵是逐渐开放的。对我来说，它简直就是希望之花。它确保我的冬日花园在很长一段时间里都有鲜花开放。

迎春花直到 1844 年才从中国传到欧洲，而歌德《少年维特的烦恼》于 1774 年即已出版。因此，小说中的疯子不可能找到这种明黄色的冬日之花。我很想送他一枝盛开的迎春花，这样他就可以让心爱之人感到幸福快乐了。

冬樱花（*Prunus subhirtella autumnalis*）是一种特别的冬季开花植物。它是一种樱花，却更喜欢在冬天而不是春天开花，所以也被称为雪樱花。它在 12 月就会开花。我的樱桃节于深冬开始。

可怕的持续霜冻在 1 月初如约而至。温度降到零下 10 度以下并持续两个多星期，另外还会下很多雪。事与愿违的是，迎春花没能经得住持续霜冻的考验，明黄色的花朵凋零了。还有因为暖冬而很早开花的冬樱花和香雪球，它们也没能抗住这持续的霜冻，花变成了褐色，变成烂糜。最后，还是冬菟葵、雪花莲、欧石南和金缕梅在大雪和持续霜冻中坚强地保持住了自己的形态和颜色。它们让我的冬园没有一天是无花状态。即使在隆冬，我的花园也是花团锦簇。

冬菟葵和金缕梅

Winterlinge und Zaubernuss

即使冬天也可以芳香四溢。冬天不是一个没有气息的荒漠。园艺将冬季里散发香气的事物分类如下：

花园里：雪花莲、冬菟葵、香雪球和金缕梅。

田野和大自然里：雪和木本植物。

农场里：青贮饲料、干草、奶牛、马匹和宰牲宴。

因为不太喜欢动物的气味和肉类，我所关注的冬季气息只有植物的香气和雪。但是，雪有什么样的香气呢？即使又聋又瞎，在一个初冬的清晨，我也能立即注意到一夜之间下了很多雪。雪的香气是如此微妙淡薄，就像时间的香气，就像清晨醒来时的气息，只有少数人能够感受到它。

除了冬菟葵、香雪球或金缕梅之外，还有许多在冬季散发气味的植物。例如，郁香忍冬（*Lonicera fragrantissima*），闻起来就像柠檬一样清香。相比之下，蜡梅（*Chimonanthus praecox*）则有强烈的麝香味。

冬菟葵（Winterling）是一个非常美丽的名字。在拉丁语中，它被称为 *Eranthis hyemalis*。植物学家小约阿希姆·卡梅拉留斯（Joachim Camerarius）在 16 世纪将其从意大利带回德国，并在他位于纽伦堡的花园里进行栽培。冬菟葵是一种雪季开花的植物。*Hyemalis* 的意思是“冬天的”。*Eranthis* 在希腊语中是一个由代表春天的 *éar* 和代表花的 *anthe* 组成的复合词。冬菟葵的花期为 2 月到 3 月。在我的花园里，它们在 12 月末就已经开始发芽，看上去十分迷人。看起来很欢快的黄色花朵在一圈如衣领[1]般绿意盎然的叶子上方闪耀。在温暖晴朗的冬日，冬菟葵吸引来第一批蜜蜂。5 月，它的叶子已经变黄；6 月，它们完全回到地下，开始漫长的夏眠。冬菟葵有一个美丽的星形种子囊，种子囊本身看起来就像一朵花。冬菟葵显然十分厌恶夏天。我觉得自己

1 此处指拉夫领，也叫轮状皱领，成环状套在脖子上，在 16 世纪欧洲被贵族普遍采用。

和它很像。与酷热相比，我更喜欢严寒。如果我是一朵花，我希望自己在隆冬时节开放。

冬菟葵是球根植物，它们看起来像小石块。我在想：这个死疙瘩一样的东西如何能生发出生命来？在花卉中心，它们被装在袋子里售卖。后来我才知道，我买的这些干巴巴的球根永远不会发芽，所以我从一个球根花卉商那里买了一些新鲜的球根。它们看起来与先前的那些完全不同，已经露出白芽。在另一个专门经营冬菟葵的经销商那里，它们甚至只以盆栽形式售卖。

在德国，已知的冬菟葵只有开黄花的南欧冬菟葵。产自土耳其的西里西亚菟葵（*Eranthis cilicica*）与之区别不大，花期只比南欧冬菟葵稍晚一些。但还有许多其他菟葵属植物。拉莫塔涅夫人菟葵（*Eranthis Lady Lamortagne*）开的是重瓣花。施吕特尔凯旋菟葵（*Eranthis Schlyters Triumph*）开的是橙黄色花朵。这两个品种在我的花园里都有。我还想种植来自日本的白花菟葵（*Eranthis pinnatifida*）。还有来自朝鲜的白花菟葵（*Eranthis stellata*）也甚是好看。这些品种都比西里西亚菟葵更动人。

我问过波茨坦附近的一位冬花专家，是否知道开白花的冬菟葵。他说他知道，并说曾数次尝试在自家栽培这种菟葵。然而，因为德国的气候条件完全不同，他的尝试均以失败告终。东亚的冬天非常干燥。白花菟葵对柏林冬季的寒冷潮湿不耐受。创立于 1893 年的柏林球根花卉经销公司阿尔布雷希特·霍赫（Albrecht Hoch）今年从日本引进了白花菟葵。我立刻订购了几个球根，希望它们能在下个冬天那些温暖的日子里开花。

许多冬花都有相似的属性。它们几乎都有毒，无论冬菟葵，还是番红花、圣诞玫瑰和雪花莲，都是如此。我特别喜欢圣诞玫瑰的性格，它和我一样不喜欢旅行。必须让它留在原地，移植对它们来说就是伤害。它不希望被干扰。

雪花莲是除冬菟葵和金缕梅之外真正的冬季之花。它们很容易在雪中和零度以下的温度中生存。雪花莲有不同品种，其中一些看起来真的很迷人。在我的花园里，有一种花朵上有橙色条纹的雪花莲。雪花莲在深冬腊月会呈现陷入睡梦中的样子，它们的小花沉思一般低垂着。

雪花莲也被称为漂亮的二月少女。它们低垂着头，看起来很羞涩。对我来说，雪花莲并不预示着春天即将到来，反而是深冬里生命的苏醒。它们似乎比冬菟葵更崇高。令人印象深刻的是，即使在大雪和霜冻中，它们依然保持自己的颜色和身姿。

金缕梅（Zaubernuss）值得特别关注。它是真正的冬季开花植物，因为人们专门针对冬季和零下温度对它进行了改良。Zauber 指魔法，顾名思义，这种灌木植物应该有其神奇之处。是的，它们的确像被施了魔法一样。它们最早在 12 月就开始开花。我在秋天种下两棵开红花的金缕梅，后来又种了一棵散发美妙香气的黄花金缕梅。在德国买到的金缕梅是日本金缕梅和中国金缕梅的杂交品种。有趣的是，很多冬季开花的灌木植物都源自东亚。形而上的追求对亚洲人来说其实是陌生的。这些植物为什么会开在难以生存的季节呢?

金缕梅的花看起来非常特别，几乎有些滑稽可笑。它们由卷曲的丝线组成。当温度降到零度以下时，花丝就会蜷缩起来。当天气变暖时，它们又会展开。金缕梅的植物学名称是 *Hamamelis*。*Hama* 意为“一起”，*melon* 指“硕果累累”，之所以这样称呼金缕梅，是因为其蒴果中有两个果实。它们代表一对恋人。可能是爱让它们在条件恶劣的季节里开花。因此，金缕梅是忠贞之花。

有些植物充满传奇和神话的色彩。例如曼德拉草，它的根长成人形，即被赋予神奇的效应。据民间流传的说法，曼德拉草根部被拔出时会发出震耳欲聋的尖叫声，足以致人死亡。它们非常敏感。我在花园里种了几棵曼德拉草，但它们没长起来，全都死了。很显然，我的花园喜欢宁静。

还有雪割草也必须说一下。我是在一个园丁那里买到的，在他那里我还买到了冬菟葵和侧金盏花。他是一位真正的雪割草大师，曾写过一本厚厚的雪割草辞典。雪割草是我的花园里最美的花卉之一。它在隆冬时节经常开出明亮的蓝花。对我来说，这简直就是意义非凡的“蓝花”。这种植物看起来非常脆弱，似乎就要香消玉殒。我喜欢它这种高雅的孱弱。它只长着几片形似肝脏、轻盈纤细的叶片。

白连翘

Schneeforsythie

让我特别喜欢的当属白连翘（Abeliophyllum distichum）。它来自我的祖国——韩国。它是一个地方性物种，这意味着它只生长在一个空间上明确限定的地区。它只在韩国中部的七个地方（栖息地）生长。然而，我在柏林的一个苗圃里发现了它。它的花是雪白的，散发绝妙的杏仁香味。

白连翘的韩语名字是 Misonnamu，它的栖息地在韩国是重点保护的自然景观。Namu 在韩语中意为“树”。Mison 的本意指韩国传统的扇子。白连翘之所以被称为 Mison，是因为它的果实呈扇形。Misonnamu——一个好听的名字。如果我有儿子，我会给他取名为 Namu。如果我有女儿，就叫她 Mison，或者 Nabi（蝴蝶）。

Nabi：那些东西为什么要在那儿？有什么用？这棵树……这只蝴蝶……

Namu：蝴蝶在那里是为了让树不感到孤单。

Nabi：那树呢？

Namu：为了让蝴蝶在飞累的时候可以落在树上休息。

在深冬，当然不能期待会有夏天那种繁盛、华丽的花朵。冬天只会送来娇小、细嫩、脆弱的姿形。亨利·戴维·梭罗在《瓦尔登湖》中写道：

随冬天而来的风姿，许多都是难以言喻的轻柔、脆弱和娇媚。

所有冬季开花的植物在某种程度上都非常脆弱、娇贵和细嫩。然而，它们的含蓄彰显出高贵、雅致。这就是我喜欢它们的原因。

当严酷的持续霜冻结束后，我的冬日花园就会在深冬幻化出一个小阳春。2016年2月初，冬菟葵花盛开。它们看起来真是美不胜收。还有随处可见的雪花莲。它们的小花头自然垂落，看起来很悲伤。称此花为“悲铃花”（Trauerglöckchen，又译“大花垂铃儿”）也未尝不可，在雪中它们看起来尤其迷人。它们似乎很喜欢冬寒。金缕梅一如既往、不负众望地开了花。它们施魔法拂去了冬天。

雏菊也根本不理会冬天。它们的持续存在无愧于它们的名字——“延命菊”。欧石南在2月初继续无所畏惧地绽放，仿佛丝毫不把冬天放在眼里。早春杜鹃也值得一提。2月初，它就会开出娇小精致的红色花朵。

希腊银莲花

Anemonen

隆冬时节，寒冷 2 月的一天，一朵小蓝花给我带来了惊喜。我在寒意仍浓的花坛里看到了一抹亮蓝色。那是一种花期比番红花还早的希腊银莲花。我惊讶，是因为我的花园里之前只有秋季银莲花。这种花期较早的希腊银莲花因其外观而被称为“光芒四射的银莲花”（Strahlenanemone，Strahlen 意为“照耀、闪光”）。它在寒冷的冬天闪耀着明亮的蓝紫色。只要春天的第一缕阳光将积雪融化，它就会勇敢地向着阳光生长。对我来说，除了冬菟葵和雪花莲，银莲花也是当之无愧的冬季之花。

直到现在，我才理解了戈特弗里德·贝恩（Gottfried Benn）那首《银莲花》。

银莲花，你震荡心魂，

大地冰冷、荒芜，

那儿竟有你的花冠兀自呢喃

低语信仰，轻唤光明。

纵使大地无良，阿附权杖，

你那轻蹑的花朵

仍得悄然落地生根。

银莲花，你震荡心魂，

你托起的信仰和光明，

本是用夏日

那华丽的大花方能编成的花冠。

大学时，我的辅修专业是日耳曼语言文学，第一次读这首诗时，我甚至不知道希腊银莲花长什么样子。尽管如此，我还是很喜欢这首诗，因为它那令人难忘的意气满怀。很快我就注意到，在德语诗歌中经常出现花，出于需要，我买了一本花卉辞典，每当我在诗歌中遇到不熟悉的花时，就去翻一下这本辞典。至少，通过查询我可以知道它长什么样子。

在那个 2 月的日子里，大地确实还很冷。一朵蓝色小花破土而出。它真的“震荡心魂”。蓝色的希腊银莲花作为信仰、光明的化身，对抗着凛冽的虚无。虽然它看起来如此娇小，却自带一种英雄主义气质。然而，与戈特弗里德 · 贝恩相反，我不会否认大地的赤子之心。大地不仅善良，而且慷慨好客。即使在隆冬时节，它也会奉上灿烂缤纷的生命。

山茶花

Kamelien

我在花园里种了几株山茶花。它们也在冬季开花。如果在一个温和的冬季，它们会在 2 月中旬开花。去年的冬天非常寒冷，温度有时会降到零下 15 度以下。我用毛毡包住山茶花加以保护。尽管如此，它们还是差一点儿被冻死。它们根本无法适应柏林的气候。然而，它们的花苞仍然活着，直到春末才开放，开出的白花更显美丽。它们在冰雪严寒中活了下来，看到它们开花我喜不自胜。花朵盛放总是那么令人心醉神迷。今年，为了保护山茶花，我又把它们包裹在温暖的毯子里。它们被我特别地保护着。

在韩国东南部、东亚最闻名遐迩的电影节城市釜山，有一座岛叫山茶花岛，电影节就在离那不远的地方举行。我很喜欢去那座岛，因为极目所至皆是山茶树。釜山的气候非常温和，因此它们会在隆冬时节的海边美丽绽放。

猫 柳

Weidenkätzchen

啊，这是天国般的预感，现在我又用它欢迎来临中的春天。宛若万籁俱寂时，沉默空气中爱人的琴弦，飘渺的旋律萦绕在我胸中，如从乐土飘来，当僵死的树枝颤动，当一丝微风拂过面颊，我听见它的惠临。

——弗里德里希·荷尔德林《许佩里翁》(戴晖译)

在我看来，春天用声音预报来时。鸽子的咕咕声突然有了不同的音色，这告诉我们，2 月到了。春天即将到来，是我听到的。今年的情况也是如此。春天始于一种声音。

春天终究是来了。令人难以置信。在隆冬时节，春天对我来说在时间的彼岸，在遥不可及的那边。春天去了遥远的未来。当我在冬日花园里侍弄花草时，春天似乎不可想象。

倘若冬天是一个无花的季节，那么今年我就没有经历冬季。在我的花园里，即使有持续的霜冻，也总有花盛开，有绽放的生命。我的冬园把冬天变成了春天。因此，真正的春天是另一个春天，第二个春天，迟来的春天，已是晚景。

2016 年第一个温暖的春日是 3 月 28 日。那天，之前睡眠不足的我几乎头晕目眩，因为到处都是破土而出的嫩芽。我发现，这些植物传递给我的是一种真正陶醉的感觉。陶醉里又夹杂着一种羞涩的犹豫。我有些醉了，醉心于这些苏醒的生命。此刻，我终于能够理解许佩里翁：

> 回忆过去的五月，我们心想，还从未像当时那样凝望过大地，花光晴云，欢乐的生命之火淘尽所有粗陋之物，大地焕然一新。“唉！万物如此欣欣向荣”，笛奥玛唤道，“健行不息，却又如此无思无虑，其乐陶陶，如孩童般恣情游戏，别无他想。”
>
> 是这，我喊道，是这宁静之火，是她强劲中的踌躇，让我领略到她——自然的灵魂。（戴晖译）

春天到了，新的生命从那些看起来已完全枯萎的枝条里苏醒萌发。已枯死的树桩上又长出了新绿。我想知道为什么人类被剥夺了这不可思议的创造奇迹的能力。人类会衰老，会死亡。对人类来说，没有春天，没有再次苏醒。身体会枯萎、腐烂。人类的生命注定悲哀、难以承受。我羡慕那些总是自我更新、自我复苏、自我修复的植物。永远都有新的开始。为什么只有人类不可以如此？

许佩里翁也抱怨说：

万物枯荣交替。为何我们就从自然的美妙周行中被踢开了呢？或许这种循环也适合我们？（戴晖译）

如果大自然的美妙循环也适合我们，那么我们也可以拥有新的开始，拥有神秘的修复与复苏。为什么我们注定越来越虚弱，不断地衰老，直到我们完全消失，没有任何归回的可能？为什么？

例如圣诞玫瑰，如果不去打扰它们，它们几乎是不死的。它们不喜移动或旅行。死亡也许是我们为摆脱大地，为自由漫步，为独立自主而必须付出的惨痛代价。因此，自由即死亡。

猫柳使春天开始真正散发魅力。我以前不知道它们会变成什么，只知道它们是花店在春天里售卖的有天鹅绒般触感的花蕾。我甚至不知道那些是花蕾。以前，不知为何，不仅对猫柳，对所有植物我都漠不关心。今天，我觉得这种曾经的冷漠是一种可耻的盲目无知，甚至是一种罪恶。

在一个非常温暖的春日，我花园里的猫柳们同时发芽了。它们爆炸了（找不到更好的表达方式）。每个猫柳都开出无数带有黄色花粉的单个小花，它们凑成一簇明亮的黄花。柳条似乎已心醉神迷，引来一大群蜜蜂。我想知道这些蜜蜂是从哪儿来的，要知道，不久前还是寒冷的冬天呢。我感觉这些蜜蜂就像是凭空出现的。它们完全陶醉了，在花粉的海洋里翻滚。没过多久，花粉便被采空。我从来没有见过这种事情。这种奇妙的自然现象令我惊叹不已。

番红花

Krokusse

我喜欢在春天来临时唱舒曼的《诗人之恋》。或许没有什么歌曲比《诗人之恋》的第一首歌更能与春天相配了。

在美丽的五月里
当群芳争先怒放
我的心豁然开朗。

我更喜欢在温暖的3月天唱这首歌。5月对我来说已经是十足的夏天了。此外，“5月”这个词可以追溯到意大利的生长之神。“生长”原本并不是一个美好的词。它有蔓生的意思。但春天是害羞、含蓄的。

若是几天没有看到花园，我就会像想念爱人一样想念它。因此，春天对我来说是一个特别的时节。爱的花在绽放。我对花园的爱在春天尤其炽热。

在我还没有花园的时候，我经常在早春时节去柏林舍内贝格的圣马太公墓，欣赏第一批开放的番红花。人们一定要抓住它们的花期。在冬季或早春的温暖之日，它们会突然从地里冒出来，爆开花蕾，我总是会为此感到无比欢欣。今年，我在 2 月底发现了两株早开的花，它们可能是第一批开放的花，我真是喜不自胜。

我在花园里种了很多番红花。春天，当它们绽放时，花园仿佛蒙上了童话的色彩。冬季里的番红花会十分守时地宣告春天的到来。今年我会种植杰格番红花（*Crocus imperati*）。被称为花仙子（Teufels-Krokus）的杰格番红花在抗寒性方面优于所有其他番红花。即使零下 15 度的低温也不会影响它。它是真正的“冬”番红花。因此，它将成为我冬日花园中低调绽放的花王。

玉簪花

Funkien

接管这个花园后，我在后边背阴的地方发现了两株玉簪花。起初我并没在意。我也不觉得它们特别漂亮，在它们身上没有看出任何高贵或美丽的气质。它们给我的第一印象就是粗糙，甚至俗气。与繁茂的叶片相比，它们的花朵显得太不引人注目。我在它们身上只看到了一种蔓延的绿色。大片的绿色或黄色斑纹叶子给我留下了粗俗甚至蠢笨的印象。

今天，我为自己最初的判断，以及对玉簪花的排斥感到羞愧，是我的无知导致我做出错误、不公正的评判。我曾经对玉簪花的美丽视而不见，而现在我想收回成见。我已经完全爱上了它，并且又种了许多。我的花园里现在有 10 株玉簪花。它们在花园的背阴处散发着绚丽的光彩。是的，它们为暗淡的花园带来华美。背阴处因为玉簪花也变得夺目，发出亮绿的光。

能够在春天里看着玉簪花疯狂生长，实乃幸福。玉簪花的嫩芽很特别。它们爆发式生长，在5月份就已经长到惊人的大小。它们那几乎爆发式的生长方式让我印象深刻。

起初，我不知道玉簪花和其他许多花园植物一样，都源自东亚。据说，玉簪花原产于韩国，但我在那里从未见过它们。我在大城市首尔长大。小时候，我不是在大自然中，而是在一条已经变成下水道的发臭的河流和铁轨之间玩耍。在我的童年记忆里，臭味多于香气。我周围没有美丽的大自然，但有很多蜻蜓。我尤其喜欢红蜻蜓。在韩国，它们被称为辣椒蜻蜓。在上学路边的草叶上，我还发现了无数的蚂蚱和螳螂。这就是我所拥有的全部自然。

玉簪花的韩语为옥잠화。这个名字与一个传说有关。在中国古代，有一位出色的笛子手。当他在一个月夜里吹着优美的曲子时，一位天仙出现在他面前。天仙告诉他，天宫里的公主想再听一次。于是他又吹了一遍。天仙为了感谢他，从头发中拔下一支玉簪，一边飘回天宫一边将玉簪抛给他。可是，笛子手没能接住簪子，簪子掉在地上摔断了，这令他非常伤心。在簪子掉落的地方长出了一种植物，开出的花朵

看起来就像那支簪子。

玉簪花开出的花非常美。与宽大的叶片形成鲜明对比的是，它的花极为娇小曼妙，看起来就像天宫仙女的发饰一样脆弱。略微向上弯曲的雄蕊尤为漂亮，让人想起古老的韩国发卡。玉簪花一般没什么气味。然而，我的花园里有一种芳气袭人的玉簪花，被称为 So Sweet（如此香甜）。我不想说它闻起来是甜的。那是一种淡雅的味道。芳香玉簪花闻起来像百合，但更柔和、更温婉、更清新。

我为玉簪花安排了最佳友邻——心叶牛舌草、落新妇、风铃草、老鹳草，以及其他观赏草和蕨类植物，秋天则有希腊银莲花和单穗升麻。玉簪花旁边有两株毛地黄，我想再种一些。整个夏天，风铃草都散发着耀眼夺目的蓝色。

我非常喜欢耐阴的花。Byung-Chul（炳哲）虽然有“明亮之光”的意思，但无阴不成光，无光不成影。光影一体。光塑造了影，影勾勒了美的轮廓。

毛地黄（又名“指顶花”）的拉丁语名称是 *Digitalis*。Digital 意为主要用来数数的手指。数字文化使人近乎退化成渺小的手指生物，它建立于数数的手指之上。然而，历史是叙事（Erzählung），不是计数（zählen）。计数属于后历史范畴。无论推文还是信息，都不能构成叙事。即使时间轴也无法讲述人的一生，成为传记，它只有叠加性，没有叙事性。数字人类使用手指的意义在于不停地计数和计算。数字化将数字和计数绝对化。就连脸书好友也要先被拿来计数。友爱是一种叙事，而数字时代将叠加、计数、清点全面化。甚至喜好都以点赞的形式来计数，叙事的意义大大降低。今天，一切都变得可以被清点，以便能够转换为功绩和效率的语言。数字还使一切都可以相互比较。只有功绩和效率才会被要求计量。因此，一切无法计数的东西在今天都不复存在。但存在是一种叙述，不是一种计数，后者没有作为历史和回忆所赋予的语言。

我喜欢给玉簪花浇水。一边浇水，一边观察，水滴是如何从宽大的叶子上滚落下来。浇花和看花使人安静下来，同时获得一种幸福感。浇花就是驻留于花间，与花相处。

玉簪花也被称为心百合，因为它们的叶子是心形的，花看起来就像百合花。玉簪花会突然凋落，就像它们突然开花一样。第一次霜冻之后，它们就像融化掉了一般。

对了，还有落新妇。它们绝对值得赞扬。起初，我很少注意到它们。但当它们开始绽放时，那种美简直把我惊呆了。五颜六色的圆锥形花穗别致亮眼。我以前没有看出它们竟有如此高的色彩饱和度。令人惊奇的是，落新妇也产于东亚。它们亮丽多彩，因此也被称为“华丽草”（Prachtspier）。它们在阴暗处十分惬意地生长，为这暗淡无光的地方增添了美妙的光彩、明亮和喜庆。

Spier 的字面意思是小而精致的草尖儿。事实上，所有绣线菊（*spiraea*）的花都是这样的。它们的花很小。如果没有这个花园，我永远不会认识 Spier 这个词。诸如此类的词语拓展了我的世界。不仅有落新妇，还有 Sommerspier（金焰绣线菊）、Harlekinspier（双色绣线菊），等等。

春天来了。到了 5 月，在冬天或托着瘦弱、死气沉沉的枝条，或衰败成其貌不扬的树桩的那些植物，如狂醉般发芽开花了。花园是一个令人欣喜若狂的地方，让人流连忘返。

关于幸福

Über das Glück

它们（植物和动物），是我们曾经的样子；它们，是我们将再次成为的样子。我们和它们一样是自然，我们的文化应该以理性和自由的方式引导我们向自然回归。它们同时也是我们逝去童年的再现，那个我们永远最宝贵的童年，它们因此带给我们淡淡愁绪。它们还展示出我们理想中尽善尽美的样子，因而以一种崇高的情感打动着我们。

——弗里德里希·席勒

我在花园里度过的每一天都很幸福。这本书其实也可以被称为《试论成功的日子》[1]。我常常渴望去花园里侍弄那些植物。以前，我不曾体会这种幸福的感觉，它需要用身体去感知。我的身体从未如此活力四射。我与大地从未有过如此亲密的接触。大地对我来说就是幸福的源泉。它的陌生性、他者性和独立性常常让我感叹不已。只有在这种体力劳动中，我才真正认识了它。浇花，看花，给人带来平静的快乐，让人心满意足。因此，"园艺工作"并不是一个合适的表达方式。"工作"原指辛苦和劳累。然而，在花园里侍弄花草给人带来幸福感。在花园里，我得以摆脱生活的劳累，从而放松下来。

1 指彼得·汉德克1994年的作品《试论成功的日子——一个冬天的白日梦》（"Versuch über den geglückten Tag – Ein Wintertagtraum"）。

好听的名字

Schöne Namen

有些花名听起来美丽、俏皮，又神秘：报春花（Himmelsschlüssel，意为“天国之钥”）、雏菊（Tausendschön，“千般美丽”）、黑种草（Jungfer im Grünen，“乡村少女”）、鸢尾（Dame in Trauer，“哀伤女子”）、欧洲狗牙堇（Hundszahn，“狗牙”）、皱叶剪秋罗（Brennende Liebe，“燃烧的爱”）、凤仙花（Rührmichnichtan，“别碰我”）、龙葵花（Nachtschatten，“黑夜暗影”）。要记住所有的花名几乎是不可能的。据说世界上大约有25万种花。它们名字的总数可能会超过我的德语词汇量许多倍。

我曾经对专有名词做过研究。我在《死亡类型》（*Todesarten*）一书中写道：

瓦尔特·本雅明在一部叙事作品中写道："据说，岛上有17种无花果。它们的名字——阳光下正在赶路的男人喃喃自语——我们一定要知道。"每一种无花果都是独一无二、不可替代的。这种"独一无二"让人无法只用一个名字来称呼17种无花果。通用的名称会消除它们的独特性（Einzigartigkeit）、各别性（Jeweiligkeit）、专有性（Eigennamentlichkeit）。因为独一无二，每一种无花果都应该有一个属于自己的名字，一个专有的名词：人们要用它们各自的名字称呼和召唤它们，这个名字就好像一个转瞬即逝的密码，只有拥有这个密码才可以进入本质，进入存在，就好像只有以专有名称来进行称呼和召唤才能触及本质。如果无花果的多样性受制于唯一的名字、唯一的通用名称，那么它的各自存在就会遭受侵犯。只有独一无二性才具有可召唤性。只有以专有名词来称呼和召唤它们，才会获得去体验每一个无花果品种的密钥。请注意，这里说的是体验（Erfahrung），而不是认识（Erkenntnis）。体验是一种召唤或唤起。真实体验的对象，即召唤的对象，不是普遍的，而是独一无二的。是各自的独一无二性使遇合

（Begegnung）成为可能。

自我做园艺以来，我一直尝试尽可能多地记住花的名字。它们丰富了我的世界。把它们种在花园里却不知道它们的名字，这可能是对花的一种背叛。不知道名字，就无法召唤它们。花园也是一个召唤之地。荷尔德林笔下的笛奥玛堪称榜样：

> 她的心在花丛中如鱼得水，仿佛是它们之中的一员。她以名字称呼它们之中的每一个，出于爱为它们创造新的、更好听的名字，并确切地了解它们每一个最幸福的生命时光。

尼采将命名理解为权力的行使。统治者“用声音给每一物、每一事刻下印记，通过这种方式将它们一律据为己有”。因此，语言的起源是“统治者威权的表达”。语言是“宣示对事物占有的最古老回声”。对尼采来说，每个词、每个名字都是一个命令：你应该被这样称呼！因此，名字是束缚，命名即占有。

我对此有完全不同的观点。从一个好听的花名中，我没有听出命令和权利要求，而是一种爱、一种好感。笛奥玛作为命名者是施爱者。出于爱，她给花起了更好听的名字。花名是爱的话语。

亚马逊王莲

Victoria Amazonica

如果柏林的夏天一直非常炎热、潮湿，而我家花园里又有一个大池塘的话，我希望看到来自亚马逊的睡莲，也就是亚马逊王莲在那里绽放。巧合的是，20 年前我在莱比锡的德国哲学大会上做的第一个哲学讲座，题目就是《亚马逊王莲》。讲座实际上就是关于这种来自亚马逊的美丽的巨型睡莲。那时候，我的常住地是巴塞尔。

巴塞尔有一个虽小但非常漂亮的植物园。植物园里有一个睡莲馆，这是一个热带水生植物温室。植物园每年会有一次夜间开放日，人们可以在这一天欣赏到恰好在夜间开放的亚马逊王莲。这种睡莲启发我做了这次哲学讲座。下面的话是讲座的开场白：

有一种来自亚马逊的睡莲叫亚马逊王莲。当太阳，即逻各斯之父赫利俄斯落下，带刺的花苞从水中升起并绽放。它的气味引来了昆虫。短暂开过后，它就会闭合。被困住的昆虫在其中逗留一夜，并为它授粉。睡莲的花在第一个晚上是白色的，而在第二个晚上再次开放时，它就变成了红色，好似喝醉酒一样。这种颜色的变化实在令人惊叹。

结束语是：

在瓦尔特·本雅明看来，真正的收藏家对事物有种迷醉感，这是一种在占有事物前即会受其启发的能力："他（收藏家）几乎还未将它们（事物）拿在手里，仿佛就已经受到了它们的启发，像魔术师一样透过它们，看向它们的远方。"海德格尔的手也守护着远方："我想到了一只落下的手，在这只手里正聚集着一种接触（Berühren），而这种接触却远不是什么摸弄（Betasten）……"

园丁也是收藏家，那些花启发了他们。我思考了园丁的手，是什么在接触它？它是一只爱着、等待着、忍耐着的手。它接触的是尚不存在的东西。它守护着远方。这就是它的幸福。

我真的想拥有一座花园池塘。我希望看到白睡莲（*Nymphaea alba*）在池中绽放。由于修建花园池塘的费用很高，我让人从凯泽斯图尔弄来了一个漂亮的旧石缸。装满水的石缸散发着幽雅安宁的气息。我还在缸里养了两条日本金鱼。

昆虫也会造访我的花园。我在德国第一次看到一只巨大的灰色蜻蜓，它非常敏捷。在摆弄花草的时候看到小蚱蜢，也令我心情愉悦。蝴蝶丁香在中午时分引来蝴蝶，它深受孔雀眼蛱蝶的喜欢。和其他许多花一样，蝴蝶丁香也来自东亚。也许这正是我格外喜爱它的原因。

蝴蝶和蜜蜂是美丽的昆虫，但也有不那么好看的昆虫，如鼻涕虫、蚯蚓和等足目昆虫。我会有些厌恶地转过身去，不看它们。因为不想杀生，所以我勤快地把鼻涕虫收集起来，然后把它们弄出去。我喜欢动物和昆虫。但苍蝇、蚊子和鼻涕虫真让我伤脑筋。

花园的前任主人曾经种过的花几乎只剩下大丽花。我做的第一件事就是将它们完全移除。大丽花给人一种普通、俗气、不雅致的感觉，而且它们还招鼻涕虫。自从移除它们之后，我很少再看到鼻涕虫。我喜欢背上有壳的蜗牛。它们跟我很像。此外，它们和我一样缓慢和迟钝。鼻涕虫对我来说太赤裸了，给人无家可归的印象。我对它们没有怜悯之心，觉得它们过于缠磨人了。

奇怪的是，海德格尔的“大地”中没有昆虫。唯一一种出现在海德格尔作品中的昆虫是蟋蟀，它也只作为一种美妙的声音存在于神殿的墙壁中。对于海德格尔来说，昆虫大概都是源初意义上的害虫，是不适合献祭的动物。被海德格尔带去他的大地、他的世界的动物，主要是献祭动物，比如鹿或公牛。我是喜欢美丽昆虫的。

一只毛羽不整的乌鸫经常来到我的花园。我认出了她。这真是令人愉快的造访。她在我的花园里有宾至如归的感觉。现在，我已经和她融为一体了。

秋水仙

Herbstzeitlose

至美消逝时，不要哭泣！它转眼便会重返芳华！心之旋律沉寂时，不要悲伤！很快便会有一只手来调校它！

我曾是什么样的人？是不是像一场断了弦的演奏？虽然还能发出一点儿声音，但那是死亡的音调。我为自己唱了一首悲伤的天鹅之歌。本想为自己编一个死亡花环，可我只有冬天的花儿。

——弗里德里希·荷尔德林《许佩里翁》

秋一到，风一吹，心无所依。万物都渐渐枯萎，落叶归根。

五彩之叶
挂满树枝，
站在树下
怅然若失。
寻一片叶子，
擎我最后的希望；
若风将它吹落，
一切将烟消云散。[1]

有一些特别漂亮的花开在秋天，直到冬天还在毫不气馁地继续绽放，比如旋花。被我列入“秋花”行列的还有玫瑰。它们会一直撒欢儿地开，直到第一次霜冻来临。入冬后，它们还会继续开花。娇嫩的玫瑰花苞上留有一撮雪并不罕见。我的花园里有好几个玫瑰品种，它们以各自的美来与寒冷抗衡。

即使到了深秋，也不一定欣赏不到绚烂缤纷的花朵。秋番红花和秋水仙（Herbstzeitlose，意为“秋日永恒”）恰在

1　舒伯特《冬之旅》第16首《最后的希望》。

此时盛开。秋番红花在外观上与春番红花相差无几，而秋水仙开出的花要大得多，球茎也大得多。秋日永恒，多么好听的名字！它迷人的花朵让花园里弥漫着一种永恒的气息。它的繁茂本不适合深秋的季节。一切都已凋落之时，一朵大花从覆盖着秋叶的地面破土而出。它的出现让花园处于一种特别的气氛中。在生命即将枯竭的地方，一个崭新的、灿烂的生命正在苏醒。渐暗的光线和凉爽的空气预示着冬天即将来临。但这朵花并不服从于时间。也许它是一种形而上的花，它的永恒性显示了一种超越性。秋水仙赋予花园一种特别的忧郁感。我一次又一次地尝试将自己置于那个奇妙的花园气氛里。这种气氛主导着花园的基调，也是这本关于花园的书的基调——花园气氛为这本书“定-调”（be-*stimmt*）。即使在春夏之交，这种气氛也不会消退。它像极了舒曼的那首钢琴曲《拂晓之歌》所传达的情绪，那时候我每天都在听这首曲子。对清晨，对生命再次苏醒的渴望、等待，是我的冬日花园的时间模式。

2016 年的第一个炎热夏日是 4 月 22 日。现在，这个夏天即将结束，这让我感到畏惧。

夏季匆匆接近尾声；我已经预先感到躁动的雨季，风的萧飒和雨溪的呼啸，自然，像激荡的喷泉，涌进一草一木，现在出现在我焦躁的感官面前，流逝着，锁闭着，如我自己一样沉默内向。

——弗里德里希·荷尔德林《许佩里翁》(戴晖译)

园丁日记

Ein Tagebuch des Gärtners

这是一首写给孩子的歌

这些孩子出生并生活在钢筋

沥青和混凝土之中

他们可能永远不会知道

地球是一个花园。

有一个叫地球的花园

它在阳光下闪闪发光，

像一颗遥不可及的禁果

不，那不是天堂或地狱

也不是我们以前见过或听过的东西。

有一个花园，还有一个树屋
有一张苔藓床可以在上面做爱
还有一条小溪在流淌
没有浪涛惊扰，它静静流淌。

有一个像山谷一样大的花园
你可以一年四季在那里生活
在炽热的土地上或在冰冻的草地上
你会发现许多叫不上名字的花。

有一个叫地球的花园
它大得足以容纳万千儿童
它曾经是我们的父辈居住的地方
父辈的父辈也同样居住在那里。

这个我们原本可以出生的花园在哪里呢？
在那里我们是否可以无忧无虑赤裸地生活？
这座大门敞开的房子在哪里？

我仍在寻找，却再也找不到了？

——乔治·穆斯塔基（Georges Moustaki）

《有一个花园》（“Il y’avait un jardin”）

雨水落在我们森林般的面庞。

——加布里埃尔·邓南遮（Gabriele D’Annunzio）

《松林之雨》（“La pioggia nel pineto”）

2016年7月31日

尽管馋嘴的蜗牛喜欢吃它们的种子，但今年春天，我在花园围栏外播种的向日葵仍然茁壮成长并且开了花。这些阳光的信徒用亮黄色将花园围住，它们自己看起来就像光芒四射的太阳。我时常惊叹地抬头仰望，它们如此高大，一颗小小的种子竟能开出如此巨大的花朵，这真是一个奇迹。我抚摸着它们的花头，惊奇于它们的稳固坚实、脚踏实地和朴实无华。我怡然自得，收获了一片美丽的土地，今天的我比任何时候都更需要这样的土地。

花园栅栏上开出紫色的旋花。我在巴塞尔的公寓离尼采故居不远，阳台上开满了旋花。它们在清晨开放，到晚上就闭合。阳台右边爬满了旋花，左边缠绕着藤蔓。到了秋天，左右之间开的是五彩缤纷的格桑花。阳台右侧边沿的大花盆里种了一株金银花。它与逝去的爱一同死去。那时，所有钟表都停了。悲痛欲绝。

麦秆菊也很美艳动人，红色、黄色、白色，五彩纷呈。它们的花瓣摸起来像稻草一样干燥。看起来好像永远不会枯萎。我喜欢它们的风趣开朗和无忧无虑。它们像孩童般天真。它们不喜水，下雨时或给它们浇水时，就会蜷缩起来。没错，就是看起来很痛苦地蜷缩起来。令人难过的是，它们是一年生植物。一年只开一次花，开过后即不见。我尤其喜欢白色的麦秆菊。

蓝色的木槿花开放了。木槿花是韩国国花。在韩语中，它被称为 Mugungwha。名为诺瓦利斯的蓝玫瑰也在盛开。蓝色是浪漫主义的颜色，美妙（herrlich）极了。然而，Herr（意为“先生”）与花的美并不相称，它没有妩媚之感。蓝色的绣球花在阴凉处温婉盛放。蓝麝香葡萄慢慢成熟，着上了蓝色。黑眼苏珊花繁叶茂，它完全是为夏季而生的花卉。整个夏天，乃至入秋后，都有它满含笑意的眼睛在闪烁。它看起来是如此无忧无虑、生机勃勃。

2016 年 8 月 7 日

贞洁树开始开花了。我起初以为它不耐寒，因为它的枝条直到初夏看起来都是完全枯萎的。然而，令我惊讶的是，它们发芽了，神奇地复活了。绿色的嫩芽从看似枯萎的树枝上萌发出来，它们活了。现在它们开出了亮蓝色的花朵。

贞洁树也被称为“禁欲树”（Keuschbaum）、“禁欲羔羊”（Keuschlamm）或者“圣母床草”（Liebfrauenbettstroh），因为据说它能降低性欲。贞洁树也因此代表了贞洁和童贞。女神赫拉出生在一株贞洁树下，每年与宙斯交合一次，之后在英姆布拉索斯河里沐浴，恢复贞操。在中世纪的修道院花园中，贞洁树与调味植物和药用植物一起繁茂生长。僧侣们将它辛辣的种子作为香料加入菜肴中，以控制性欲。除了贞洁树，用于对抗“应受谴责的肉体欲望”的制欲剂还有芸香、啤酒花、甘草和狐尾草（苋属）。希腊医生佩丹尼乌斯·迪奥斯科里德斯（Pedanios Dioscorides）于公元 1 世纪记载过贞洁树：

> 贞洁树被罗马人称为“野胡椒”，是一种树状灌木，生长在河流和岩石边。这种植物之所以取名“贞

洁”（agnos），是因为尚存贞洁的妇女会在地母节期间将其用作床榻，或是因为喝了它之后，可以克制行房冲动。

苹果的个头越来越大，颜色逐渐变黄。它们闻起来味道甜美，果香诱人。花园是一个香气四溢的地方。这里有泥土的芬芳。草莓（Erdbeere）——散发香气的“大地浆果”（die Beeren der Erde）正在蔓生。浆果最初被称为“红果”（Rote，意为“红色”）。但并非所有浆果都是红色。我的花园里也有白草莓，鸟儿们不吃这种草莓，因为它们以为这些草莓还没有成熟。但它们已经成熟了，吃起来、闻起来都是香甜的。它们的颜色保护了自己不被馋嘴的鸟儿吃掉，要知道，鸟儿们吃掉了我花园里包括葡萄在内的所有浆果。今年，鸟儿们尤其贪嘴。然而，它们是美食家，只吃成熟的水果。黄瓜和西红柿也在不受控制地疯长。我不喜欢这种无节制。芳香玉簪花散发着馥郁芬芳。

2016 年 8 月 12 日

今天是盛夏中一个凉爽、带有秋意的日子。尽管天气清冷，花儿却开得漂亮，这弥补了提前告别夏天的遗憾。今年的夏天真是结束得太早。还在盛夏就能感觉到阵阵秋意。现在，秋天的花纷纷前来报到。秋水仙的大花朵看起来像异域果实。它们节日般欢天喜地地绽放，到深秋时更会开得经久不衰（zeitlos）。节日－时间（Fest-Zeit）是经久不衰的。节日创造永恒。今天，时间已经被绝对化为工作时间，节日不复存在。时间比以往更容易消逝。秋水仙为原本暗淡的秋日花园带来了光和亮。

2016 年 8 月 23 日

让我非常难过的是，因为夏天太短太凉，夏花很快就枯萎了。它们无法正常生长，很快就开始凋零。盛夏中一场突如其来的寒流带来了寒冷潮湿的秋天。通常在 9 月或 10 月开花的秋水仙，在还是盛夏的现在就已开花。有一种秋水仙看起来就像大版番红花。还有一种是重瓣秋水仙。

有一种芳香绣球花散发着百合花一样浓郁但非常典雅的香味。油点草在背阴处绽放。我喜欢耐阴的花卉，它们使花园的背阴处也有鲜花盛开。那里有毛地黄、风铃草、玉簪花、心叶牛舌草和秋银莲花。使背阴处不再暗淡无光的，是令人陶醉的绣球花。我爱它们。随着时间推移，我学会了去爱它们。

2016 年 9 月 19 日

仲秋已至，空气凉爽。秋日凄凄，而秋银莲花、格桑花、秋水仙和秋番红花却恣意盛开。格桑花的种子是我从韩国带回的，今年花园里开的是韩国格桑花。当然，我在柏林植物园花卉市场上买的有异国风味的罗勒也产自韩国。

贞洁树、玫瑰、玉簪花正在慢慢失去生命，无力开放。蓝花莸、秋水仙、福禄考、六倍利、黑眼苏珊、芳香玉簪花和绣球花也已失去光彩，玫瑰和天竺葵给秋天的花园带来温暖的、最后的亮丽。

最近我觉得自己仿佛要流血而死，这种痛苦让我变得脆弱而敏感。我的感知力更加敏锐了。所有的一切都让我莫名地感到痛苦。不幸的事就这样发生了。

花园里有一棵柔美的柳树，深受我的喜爱。有一天，我很震惊地发现它弯下了腰。柳叶看起来已经干枯。显然，一只啮齿动物在它的树干上啃出了一个洞。树干里有红色的东西，我感觉她已经失血过多，离我而去。死亡发生在我的花园之中。

我的柳树，我的所爱，流血而死。伤口太大，无法拯救。她可能已经预感到自己会在这个秋天死去。春天的时候，她就已经神志不清，被蜂群包围着。

2016 年 9 月 25 日

我在所爱之树竖立的遗体旁驻留良久，直到深夜，我和秋银莲花一起为她哀悼和哭泣。在我以为自己会流血而死的那一刻，柳树却流血而死。我的所爱啊，我想我失去了她。

2016 年 9 月 29 日

日本秋银莲花、韩国格桑花和秋番红花都开得很艳丽。今年，我把许多植物的种子从韩国带到了我的花园里，特别是野芝麻紫苏（韩语 Deulkkae）的种子，紫苏叶（韩语 Kkaennip，日语 Egoma）可食，非常美味。我用这叶子包了一点儿带味噌酱的米饭，然后把一整个饭团放进嘴里，叶子的香味在口中弥漫，像是大地的香气，大地深处隐匿的香气。米饭的温热与紫苏叶的辛辣相得益彰。关于紫苏叶有很多食谱。用酱油腌制的紫苏叶特别美味，是我最喜欢的菜肴之一。

紫苏叶天妇罗的味道也不错。在薄脆的面皮下，有一种诱人的香味在口中释放。我在《不在场》一书中写道：

> 天妇罗也遵循虚空原则。它没有西餐中油炸食物所固有的那种沉重感。热油只是用来将蔬菜或海鲜上薄薄的面糊转化为酥脆的虚空外壳。被包裹的内容物也被赋予了一种美味的轻盈感。如果像韩国那样用紫苏叶做天妇罗，它就会在热油中分解成一种几乎无形却又能散发芳香的绿色。其实非常遗憾的是，还没有厨师想出用娇小的茶叶做天妇罗的主意。那样的话，奇妙的茶香和虚空之间会散发出芬芳，这是一道“不在场”的美味佳肴。

直到深秋都一直有紫苏叶可以采摘。可惜的是，这些植物不耐寒霜。此刻它们已经干瘪，无力地垂下来。美味的、散发芬芳的绿色叶子已经变成黑褐色，蜷缩枯死。它们散发出一种病态的香气。贞洁树、玫瑰和玉簪花也正在慢慢失去生命力，不再开花。

蓝色的蓝花莸在背阴处开放。福禄考、六倍利又开了。黑眼苏珊正在慢慢凋谢。红色天竺葵在凉爽的秋日里似乎更加惬意。

2016 年 10 月 17 日

地面上已有许多飘落的秋叶。绣球花正在慢慢褪色，彩色的萼片现在变成了绿色。然而，绣球花旁边的风铃花正开出艳紫色的花。芳香玉簪花继续执着地盛放着。其他玉簪花早已结出了蒴果。我爱这芳香玉簪——如此香甜！

夏末的时候，我还认为今年的玫瑰表现不佳。它们不像去年夏天那样常开，那时，玫瑰花真是铺天盖地。现在，秋天到了，它们又开了。凉寒似乎让它们恢复了活力。夜色下的玫瑰尤其漂亮。晚种的秋水仙开得艳丽动人。它们重瓣的大花简直令人心醉。

通过园艺我认识了平时从来接触不到的新词。这些词常常让我感到欢欣。绣球花有各种各样的品种。它们不仅是灌木，也是藤本植物。我觉得“藤本植物”（Liane）这个词很美。藤本植物是具有木质茎的攀缘植物。我的花园里有两株爬藤绣球花。绣球花的叶子是对生的。“对生”

（gegenständig）这个概念很有意思，它被用来形容“叶序”（*Phyllotaxis*，*phyllon* 意为“叶子”，*tais* 意为“排序”）。在对生叶序的基本类型中，茎枝的每一节上相对长有两片叶子。在轮生（quirlständig，或 wirtelständig）叶序的基本类型中，茎枝的每一节上连生三片或三片以上叶子。我知道 quirlig 这个词，却不知道 wirtel。

叶片（*Lamina*），指叶子在叶柄上方的扁平部分。再往下分还有叶脉，它由维管束和位于其间的一个个肋条组成。绣球花的叶脉大多是羽状脉，有一些品种是顶聚脉。在顶聚叶脉中，侧脉首先与叶缘呈平行状，然后向叶尖延伸。这些外来词吸引着我，让我心驰神往，越研究感觉越复杂、越有趣。维管束位于栅栏组织和海绵组织之间的界线上。我本处在熟悉的德语环境中，而侍弄这些植物时，我就会进入一个美丽的外语世界，一个美丽的陌生世界。一片叶子竟然蕴藏了这么多外语词汇。绣球花的叶子边缘通常有锯齿，但也有边缘光滑的叶子。绣球花没有托叶。托叶是叶子基部的叶状生长物。因此，托叶（Nebenblatt）是虚叶（Scheinblatt），正如幻日（Nebensonne）是假日（Scheinsonne）那样。

我看到天空中有三个太阳，

我久久地凝视着它们。

它们也在那里直瞪瞪地，

仿佛不想离开我。

啊，你们不是我的太阳！

去盯着别人看吧！

不久前，我也有三个太阳。

最好的两个已然落下。

第三个太阳，也跟着去吧！

黑暗会让我更自在。[1]

绣球花有伞形花序或聚伞圆锥花序。各花生自花轴顶端的是伞形花序。聚伞圆锥花序则由总状花序（racemös）主轴上的若干伞形花序组成。Racemös（拉丁语 *racemosus*）意为“葡萄状”。

上位子房周位花由花托、萼片、花瓣、雄蕊和心皮组

1 舒伯特《冬之旅》第 23 首《幻日》。

成。绣球花会长苞片，不育的苞片存在于花序边缘。里面有可孕花，它们非常小而且不明显。边缘的不育花有四五个呈花瓣状扩展的白色、泛红色或紫色萼片。许多花园里的绣球花完全没有可孕花。我们日常所说的绣球花并不是真正的花，而是它的花萼。可孕花通常雌雄同体。也有一些品种是雌雄异花，也就是雌雄异株，雌花与雄花分别生长于不同的株体。

2016 年 10 月 27 日

天气又湿又冷。玫瑰花垂头丧气的，用仅存的力气努力地开放着。玉簪花的叶子开始蔫了，黄色的边缘几乎变得透明，绿色的部分完全变黄了。秋叶纷纷飘落之时，秋水仙和秋番红花依然盛开着。生死往来皆交织在这深深的忧郁之中。我在 9 月种下了秋水仙。它们白紫色的嫩芽，在晚秋时节从地下冒了出来，漂亮极了。一些“地被植物”（多么无情的词语）在冬季也会开花。我特别喜欢六倍利，它也叫蓝色半边莲，花朵是明亮的蓝色，呈兰花状。六倍利勤勤恳恳地盛开着。薰衣草还有零星的小花朵没有凋落。麦秆菊又开了一茬儿。很有趣，有些花凋谢之后又开始了第二次绽放。

我喜欢这些晚开的花朵。

2016年11月18日

这几行字是我在最近刚买的新艺术风格的写字桌上写下的。桌子的金属饰片和钥匙非常精美。新艺术风格和装饰艺术风格是我喜欢的风格。它们有一种安静、简洁、内敛又明快的美。我在新书桌上铺了一片绿色的写字垫。它宛如草地，在上面写下的字就如同草地上绽放的花朵。

已是深秋，冬天就在不远处。大雨滂沱，冷冷的。天昏暗、阴沉、潮湿。即使在大晴天，也从未真正亮堂起来。太阳失去了照耀的力量，看起来像天空中一个毫无光泽的圆盘。我已经扫了几个小时的秋叶。树叶现在几乎落光了。我对橡树叶毫无好感。它们非常粗糙坚硬，所以不容易腐烂。我喜欢更柔软、弱小的叶子，它们宁愿消逝，好快些融入大地，回归大地。橡树叶是固执的，这让我觉得很棘手，因此我想快点儿把它们烧掉。

现在，绣球花的状态很糟糕。它们的叶子变成了棕色和黑色。腐烂和衰败无处不在。在普通的花园里，这个时候不会再有花开。但我的花园好似一个温室，开始迎来新的、第二个春天。到处都有绿芽在萌发。秋番红花盛开了。香雪球抽出了饱满的花芽。很快，冬樱花、迎春花、冬菟葵、春侧金盏花、雪花莲、蜡梅、金缕梅和圣诞玫瑰即将盛开。隆冬时节，我的花园里迎来了第二春。

2016 年 11 月 27 日

藏红花（*Crocus sativus*）开得美艳动人。它是一种秋季开花的番红花。花瓣中间是鲜红的柱头，也就是藏红花线。藏红花线产量非常低。获取 1 千克藏红花线要用多达 20 万朵花。藏红花线因而被视为一种皇家奢侈香料，也是一种名贵药材，还是用于珍贵服装的染料。罗马人对藏红花的使用可谓十分奢侈。对他们来说，藏红花完全是奢侈和挥霍的象征。尼禄曾让人在罗马的街道上撒满藏红花，以展示自己的胜利。

藏红花似乎喜欢寒冷，因为它总在寒冬腊月绽放。它狭长的针状叶子看起来尤为漂亮。现在，它正在离晚开的白色秋水仙不远处开放。秋水仙给花园带来了某种永恒的气息，它们就是《拂晓之歌》。

2016 年 12 月 3 日

今天真是天寒地冻。欧石南开着白色、黄色和粉红色的花。它们似乎并不在意霜冻，真是又耐心，又隐忍啊！它们常常在坟墓旁绽放，预示着复活。我摘了一朵藏红花，把它夹在让·波德里亚的《论诱惑》中。冬夜里的藏红花本身就是一种诱惑。它被夹在第 138 页和 139 页之间，成为精美的插图。被藏红花染红的位置写道：

> 在每一次诱惑和每一次犯罪中，都有一些非个体的、仪式性的、超主体的和超感性的东西，无论是诱惑者的还是受害者的真实体验都只是对这些东西的无意识反映。这是一种无主体的戏剧构作，一种主体为自我消耗的“形式”所进行的仪式性练习。因此，整体同时获得了美学作品和仪式性犯罪的完形。

美丽少女的诱惑力，即她的自然美，定会被诱惑者高明的戏剧构作和策略所牺牲和摧毁。畅行无阻的诱惑者艺术，不讲心理深意，没有灵魂和主体性，最终击败了美丽少女的自然诱惑力。诱惑者是祭司，他沉迷于诱惑的仪式过程。

今天，我可以短暂地停留在身处春天的幻觉中。即使在如此寒冷的天气里，藏红花的针状叶子也是浓绿的。草地和秋叶上结的霜像钻石，也像清朗夜空中闪闪发光的星星。我端详着银光闪闪的秋叶，它好似想被我手指温暖的爱人那打着冷战的皮肤。我甚至想去亲吻那闪闪发光的土地。

掉光了叶子的苹果树上还挂着一个皱巴巴的苹果。我竟然今天才看见它。它在夜里闪耀着黄色的光芒。这孤独的冬苹果真是一份礼物，是对大地的赞颂。它照亮并拯救了凄凉的冬夜，仿佛一种形而上之光，是善的美反射出的光芒。

2016 年 12 月 12 日

橡树叶还是随处可见。我讨厌橡树叶，它们破坏花园的形式和颜色，消除差异，让一切都变成同者。它们虽死，却并没有逝去。它们是我花园里的不死者。我们今天的社会或许也充斥着这些使一切都变成同者的不死者。例如，被我们理解成丑陋橡树林的德国新自由主义，它同不死的橡树叶一样，消除了所有差异，甚至消除了差异的他者性。我刚刚突然发现，“同者”（Gleiche）这个词中已经包含了“橡树”（Eiche）这个词。

今天，我几乎是怀着愤怒的心情把花园里所有橡树叶子都弄走了。那些卡在其他植物枝条上，紧紧夹在枝条之间的叶子，我都一一弄了出来，一次性把它们全部解决掉了。在我看来，枫叶比橡树叶高贵典雅得多。黄色的小樱桃叶我也很喜欢。

枯萎的玉簪花现在已经完全变黑。它们的叶子软绵绵地垂挂着，散发出一种病态的美。即使没有花，冬日花园看着也很美好。枯萎的日本秋银莲花的骨架与它的花朵本身一样美。草在冬天看起来格外迷人，圣诞玫瑰和山茶花在旁边闪着绿色的光芒。只有冬季开花的花卉还一直郁郁葱葱。羽脉野扇花（*Sarcococca humilis*，又名“香甜肉浆果”）和日本马醉木在冬季仍保持翠绿。山茶花还是需要用温暖的冬衣包上。去年，它们差点儿冻死，直到春天才开花。

2016 年 12 月 24 日

平安夜，我独自待在花园里，用拍电影用的聚光灯将花园照亮。我在这个卤素灯上装了一个日光滤光片，因此它发出的是白光。日光比人造光让人感觉更舒服。我是在拍摄电影《破门而入的男人》（*Der Mann, der einbricht*）时，对光有了认识。现在，我能区分美的和不美的光。当牙医用带灯放大镜检查我的牙齿时，我打断了治疗，因为我觉得这样的光太美了。医生告诉我，这是他的一位同事专门为他做的。

夜间的日光将花园变成了一个电影场景。然而今天，花园里的气氛很萧条。去年这个时候这里非常暖和。当时，冬菟葵、迎春花和冬樱花都盛开着。现在，我看到的只有弯了腰的藏红花。但到处都可以看到嫩芽。香雪球和冬樱花就快开了。红色、黄色金缕梅很快就会再次开花。

2017 年 1 月 9 日

今天是一个寒冷刺骨的冬日。温度骤降到零下十几度。花园完全被雪罩住了。每个角落都能让人感受到深深的忧郁。我真想踏上永恒的冬之旅。

去年，在圣诞节和新年之间，冬菟葵、迎春花、冬樱花、金缕梅和香雪球都在盛开。那时，天气异常温和，隆冬时节仿若春天。

今天，在冰冷的霜冻之夜，我和我所爱的植物一起遭受着痛苦。我和我的所爱一起受罪。我很快就需要采取措施保护它们免遭致命寒冷的侵袭。山茶花需要特别的操劳。我会用床单把它们包裹起来。我花园里的一些植物非常脆弱。我想给予它们温暖。爱也是一种操劳。园丁是给予爱的人。

2017年1月19日

这是一个冰冷的、白雪皑皑的夜晚。一些冬季开花的植物在这致命的严寒中仍然盛开，这是个奇迹。金缕梅和圣诞玫瑰在雪中绽放，庆祝复活。今天是我的复活节。金缕梅的花朵闪耀着紫红色。圣诞玫瑰的白花照亮了夜晚。是雪的白还是圣诞玫瑰的白，难以辨别。

2017年1月29日

圣诞玫瑰的花朵几乎一下子被冻住。然而，它们倔强甚至英勇地保持着自己的形状和颜色。黑暗中无数白色花苞格外美丽。它们将存在带入凛冽冬日的虚无中。就这点而言，它们是形而上的，是超越了受无常摆布的自然本性的。它们自带的光芒消解了冬日的忧郁。冬花是崇高的，是圣秘的，是我花园的守护神（Numen）。

里尔克的墓碑上写着："玫瑰，哦，纯粹的矛盾，乐欲。"面对死亡，我花园里的圣诞玫瑰堪称一种纯粹的矛盾，它以花开灿烂来抵抗衰败腐烂。它是乐欲，是寒冷刺骨的冬季里对生命的乐欲。可以说，它是不朽的。它体现了存在的纯粹乐欲。它的绽放是一种谵妄，一种在寒冷冬夜里令人陶醉又充满忧郁的空想。它和秋水仙一样在我的花园里创造了奇妙的永恒。

冰晶在被冻住但依然保持绿色的草坪上，在山茶花和金缕梅之间闪耀。它们看起来就像夜空中的繁星。我欣慰地看着这夜空下的光影表演。

隆冬时节我开始渴望鲜花，渴望盛开的生命。我非常想念它们，这几乎是一种发自肉体的想念。我对它们的思念就如同对爱人的思念一样。在这样的深冬时节，我渴望色彩、形状和香气。

我不认为我们现在变得更幸福了。大地是我们的幸福源泉，而我们却与它渐行渐远。

2017 年 2 月 27 日

漫长的严寒之后，第一个明媚的春日在今天这个还是冬季的日子到来。我感到空气和光在奇怪地晃动。就连阳光也给人不一样的感觉，它照在我的脸颊上，让我感受到充满希望的春天就快来临。光有了异样的强度和氛围。有些东西变得不一样了。现在，冬菟葵开放了。它们的生长和开花几乎肉眼可见。圣诞玫瑰也铺天盖地灿烂开放。散发着优雅细腻香气的黄色金缕梅令人陶醉。

冬季的花朵也会吸引蜜蜂。蜜蜂会冬眠吗？它们就这样突然出现在这尚属冬日的时节，成群地围在圣诞玫瑰和冬菟葵周围。今天，我被这景象震撼了。我屈膝亲吻每一朵花，还吻了侧金盏花银色闪亮的花苞。

2017 年 3 月 2 日

今天，我又去了依然寒冷的冬日花园。此刻，我特别想念我的花园，因为它在冬天尤其希望被照护，被关注，被爱。它就是字面意义上的“温室”。侧金盏花长出丝绒般、闪着银光的花蕾，我为它的美所折服。然而去年，它没有开花。不知怎的，花园使我变得虔诚，神的存在对我来说不再是信仰问题，而是一种笃定、一种明证。神在，故我在。我把泡沫护膝垫当作礼拜垫。我向神祈祷：“我赞美你创造了天地万物，赞美世间的美。谢谢你！谢谢！”[1] 思即感激。（Denken ist Danken.）哲学不外乎对美和善的爱。花园是最美的善，最高的美，是至善至美（*to kalon*）。

2017 年 3 月 17 日

这些天我都在首尔。我想陪在时日无多的父亲身边。

让苍蝇
远离睡脸。
今天，是善终……

夜幕降临，我无事可做，只能用父亲病榻边容器里的水润湿他的嘴唇，不管在我看来多么没有意义。

廿日的月亮照进窗子。周围的每个人都睡得很沉。在我听到远处的公鸡鸣叫了八次后，他的呼吸变得很

1 此处连说两个谢谢，第一个是德语 Danke，第二个是西班牙语 Grazie。向上帝祷告时说西班牙语，源于神圣罗马帝国皇帝查理五世，他的原话是：“我用西班牙语与上帝沟通，用意大利语跟女人调情，用法语同绅士寒暄，而用德语调教马匹。”

轻，轻到几乎无法察觉。

——小林一茶《父亲最后的时光》

（“Die letzten Tage meines Vaters”）

今天我又去了首尔的圣山仁王山。首尔的冬天很冷，看不到绿色，目之所及皆是灰色的混凝土。在去往神灵居住的圣山路上，我遇到了开放的迎春花，在这仍属冬日的时节绽放出亮黄色的花朵。这种冬季开花的灌木显然喜欢山里的环境。它们主要生长在海拔 800~4 500 米之间的地方。今天这美丽的邂逅让我深感幸福，这似乎是来自天堂的礼物。我摘了几根树枝，把它们献给如今再无人敬重的圣山神灵。神灵是存在的，但这里的人所信奉的神灵却是金钱。大地、美、善已消失不见，湮没无闻。

2017 年 3 月 19 日

今天我又去探望了生命垂危的父亲。在回来的路上，我被一棵从未见过的冬季开花的树惊讶到了。这是一种山茱萸，生长在中国、韩国和日本。它开出的花看起来像香雪球。我摘了一个枝条，然后又去了仁王山，在山上的一个佛堂里将它献给了佛陀。我在佛陀面前坐了很久，衷心感谢佛陀赐予的花朵。寺庙花园里的玉兰已经发芽了。我遇到的年轻尼姑心地纯洁。我摆弄着挂在玉兰花上的小铃铛，发出宁静的乐音。院子里有两只长相很韩式的双胞胎狗，在树前无忧无虑地吠叫着。

2017 年 3 月 21 日

终于，我回到了柏林。在首尔这个地狱般的混凝土荒漠里，我非常想念灼灼其华的冬日花园。我的思绪一直驻留在那里。

我前不久搬进的这栋房子有一个庭院，意想不到的是，院子里竟然有一片香雪球的老灌木丛。去年，它在 12 月就已经开花了，香气扑鼻，整个庭院变成了花海。今年，直到 3 月花才绽放，向我绽放。

2017 年 4 月 2 日

花格贝母、桃子、紫叶李和红口水仙都在盛开。猫柳吸引来成群的蜜蜂。今年，山茶花没有遭受冻害。欧石南、冬樱花开得正旺。心叶牛舌草的蓝花在阴生环境中显得尤为明亮。

薰衣草丛旁的高山虎耳草（Kabschia）即使在冬天也绿意盎然，此时正悄悄地盛放。欧亚瑞香在满枝荣华的紫叶李旁孤独地开着。今年，红色的圣诞玫瑰开花了。然而，圣诞玫瑰去年却一朵花都没开。显然，它是在养精蓄锐。

2017 年 4 月 5 日

散步途中，在一家意大利餐厅前我闻到了一股美妙的香气。在一个大花盆里，有一丛散发着奇妙香味的灌木。不知道这是什么花。灌木丛旁边的一位客人告诉我，它可能叫“啤酒树”（Bierbaum）。餐厅老板不知道这个植物到底叫什么，可能是因为尴尬，他告诉我，它的意大利语名字叫 Nastro Azzurro。回到家后，我开始查询叫这个名字的植物。然而，电脑屏幕上出现的不是植物，而是意大利啤酒。

我查了很久，一直想知道这棵散发芳香的树的名字。它的叶子看起来像孩子的手，这个特征帮到了我。它是山楂的一个品种。对我来说，它还是叫 Nastro Azzurro。

2017 年 4 月 9 日

星花木兰（*Magnolia stellata*）闪耀着美轮美奂的白色。日本棣棠花黄黄的、亮亮的，看起来暖暖的。花格贝母为花园背阴处施了魔法，使那里充满魔力，令人陶醉。早春杜鹃开出了粉红色的小花。玫瑰正在发芽，它们的叶子散发着迷人的光泽。今年，它们一定会壮丽盛开，因为它们是如此急切地想要绽放。我特别期待的则是蓝色的诺瓦利斯玫瑰。

2017 年 4 月 15 日

樱花和米拉别里李子树开花了，它们的花朵看起来很像，分外好看。花朵照亮甚至可以说拯救了 4 月的寒夜。去年，米拉别里李子很好吃，味道中夹杂着泥土的芳香，高贵而甜美。郁金香在花园围栏外盛开着，它们开得忠贞、有力，勤恳、不倦。秋水仙翠绿翠绿的叶片，会在夏天枯萎并脱落，这样就可以在秋天开出华丽的花朵。苹果树长出微红的花苞，开出的却是白色的花朵。

2017 年 4 月 23 日

冰冷的一夜。尽管下了晚霜，但花园里没有一株植物、一朵花受冻，这就是一个奇迹。是我的爱温暖了它们。爱是温暖，是心灵的温暖，它能够抵御最凛冽的寒霜。

2017 年 5 月 2 日

丁香花第一次开放，花是紫色的，清香宜人，美极了。苹果树也在开花。黎明于日出前半小时开始。我的花园位于施拉赫滕湖畔，清晨时分，湖水泛着略带红灰色的光。

2017 年 5 月 9 日

现在正值韩国总统选举期间。就选举问题，我给一位记者写了一封信：

很遗憾，韩国新总统叫文在寅（Moon Jae-in）。“在”的意思是“存在”。“寅”有老虎的意思。他很会吼叫。我的理想候选人安哲秀（Ahn Cheol-soo）不会吼叫，但他会思考。因为他的名字是“智慧之光”的意思。另外，“安”代表“和平”。阿多诺曾说过：“当我们的命运之线缠结成一个不解之网时，名字有时是印在线上的封印，呈现在我们面前的是一个一个首字母，我们虽不理解，但也要跟从。”

文在寅会使韩国分裂。Moon-jae在韩语中有“问题”的意思。“问题儿童”在韩语中是Moon-jae-a。文在寅可能无法解决韩国的棘手“问题”。他自己就是一个“问题”。有人说，他本无心当总统，但因为是前总统卢武铉的同僚，受到所在党派的驱使而参加选举。我十分敬重卢武铉。但是，文在寅缺少个人魅力和声誉。大选获胜后，他做了一个手势取笑安哲秀。后者希望在选举前的最后几天走近民众。他背着背包，穿着运动鞋走遍全国各地。我深受感动，本想和他一起走，用言辞去支持他。在他选举失败后，我通过韩国记者让安哲秀知道，下一次总统选举，我将站在他身边为他宣传、呐喊。因为他自己不善言谈，看起来是一个非常安静、平和的人。

这次总统选举的过程十分复杂，而西方将此简单化为朝鲜和美国之间的紧张关系。德国驻亚洲记者甚至不会说当地语言。例如，他们阅读的是亲政府的韩联社报道，请来的翻译德语并不好。报道的内容既贫乏又虚假。比如，新闻报道说文在寅将继续执行金大中的“阳光政策”，但朝鲜恰恰在这个政策执行期间大力推进了核弹和导弹工作进程，所用资金很可能是由金大中提供的。据说，他的诺贝尔和平奖某种程度上看是花钱买来的。其实，真正的问题不是朝鲜的金氏家族，而是美国。

据说，安哲秀父母的花园里在总统选举期间开满了三色旋花。安哲秀说这是“鲜花传递出的美好征兆”。三色旋花的韩语名称为나팔꽃，它们预示着美好。安哲秀或许也是花儿们的理想候选人。我喜欢三色旋花，尤其是蓝色的。它们迎着黎明开放，一直到深秋。

奉上我花园里那些于寒冷天气中仍然盛放的鲜花的问候。

三色旋花不仅寓意好消息，也寓意失去的爱情和忠贞。忠贞之花源于一个传说：曾经有一个很有名气的画家，他的妻子非常漂亮。妻子的名声甚至传到了侯爵那里。侯爵决定抢走她，于是指控画家犯罪并把他关进监狱。画家因为思念妻子而变得疯癫。后来他把自己关在屋子里，一幅接着一幅地画画，直到有一天他死在自己的画旁。爱人在梦中看到了他。当她期待地打开窗户时，一株三色旋花出现在了她的眼前。

2017 年 5 月 14 日

今天，我在花园里除草。我的右手内侧磨出了一个心形伤口，很疼。但我也伤害了“杂草”，我把它们铲除掉了。作为园丁，我必须确保花园里没有任何东西野蛮生长。我发现有几朵雏菊点缀甚是好看，因此它们不会被从花园里移除。但我对某些破坏性很强又肆无忌惮的植物很反感，它们把雅致、弱小的植物挤得无处生长。有一种三叶草特别令我讨厌。它会在我的梦中，甚至在我发呆时出现，折磨着我。它真是坚不可摧，四处蔓延，覆盖了一切。它像皮肤癌一样扩散。仅仅去除它在地面上的叶子还不够，只有连根拔起，才能将它彻底铲除。这是一项辛苦费力的工作。

2017 年 5 月 18 日

杜鹃花第一次开花。今天，我关心照顾着生病的玫瑰，它们的叶子卷了起来，玫瑰叶蜂的幼虫是罪魁祸首。我种下了漂亮的山茱萸树。我又一次在花园里待到黎明时分。黄灿灿的金雀花开出了无数花朵，照亮了夜晚，温暖了我。

2017 年 5 月 26 日

灿烂的夏日。玫瑰花开始绽放。我沉浸在光带来的令人幸福的温暖中。

为什么玫瑰有刺？出于敬畏，我们不会去触摸美丽的玫瑰花。我心怀恭敬地走近它们，带着惊叹和敬意弯下腰去。我不会想去触碰它们。它们的美只可远观。

疲惫不堪借宿时，
夕阳返照紫藤花。
——松尾芭蕉

2017 年 6 月 8 日

玫瑰花竞相开放。有些枝条被沉重的花头压弯了腰，低垂着。一朵虞美人开在花园入口处。今年，花园里有很多虞美人。黑色的重瓣虞美人（*Papaver paeoniflorum*）格外迷人。黄色的百合又一次不负众望地开花了，它们真的很愿意开花。金银花开出了紫色的花，透露出一种俏皮的优雅。

2017 年 6 月 12 日

玉簪花开了。它们使我快乐，令我陶醉。但是，芳香玉簪还没有开。玉簪花的叶子千姿百态，妖娆动人，其实比朴素的玉簪花本身更漂亮。

2017 年 6 月 14 日

我移走了花园里枯死的柳树。我再次强烈地诅咒那只邪恶的啮齿动物，它杀死了最美的树，我的所爱。这是一场残忍的谋杀。

2017 年 6 月 17 日

清新的夏日。我不喜欢酷暑。落新妇正光芒四射。圣约翰草（又名“贯叶连翘”）的花朵散发着黄色的光亮。杂草全部被清除掉，花坛干净了起来，呈现出应有的形式。

2017 年 6 月 19 日

夏夜中的万湖闪烁着深蓝色的波光。紫色的大花飞燕草高高立着，比玫瑰还高。现在，夜晚非常短暂，并且不会完全变黑，在广阔的地平线上，某个地方总有一束微光。明亮的夜晚很迷人。我采摘了樱桃，它们吃起来有阳光的味道。深红色的草莓味道甜美，与店里买来的截然不同。

花儿在夜里盛放真是让人欢喜。今天，在这夏日时节，我享受了一回睡莲芬芳热浴。马桑绣球第一次发出了花苞。两年来，它一直处于生病状态。我对它爱护有加。现在，它开始回报我对它的爱。

2017 年 6 月 21 日

今天，我第一次看到橄榄树开花，不是在意大利，而是在柏林我所住街区的一个意大利人那里。它们开在舍内贝格，但确切地说不是开在舍内贝格的“地里”，而是开在舍内贝格的“地上”，因为它们被种在一家意大利餐厅前的花盆中。如果长在外面，它们无法熬过柏林阴冷的冬天。橄榄树的花朵非常小。它们看起来与绣球花的可孕花很像，并像后者一样形成伞状花序。蘑菇意大利面很美味。沙拉中浅绿色的意大利橄榄味道也不错。

2017 年 6 月 25 日

今天，我给米拉别里李子树罩上了网，保护美味的米拉别里李子不被鸟类吃掉。两年前，我本想观察葡萄如何慢慢成熟，谁承想，鸟类把这些葡萄全部吃光。它们十分贪吃，对浆果尤其贪婪。然而，今年很奇怪，所有的浆果都完好无损。鸟儿们没有来过。这又让我非常难过和不安。来吧，我的鸟儿们，你们在这有美味的浆果可以吃！今年只有几只蜜蜂出现过。我真的希望蝴蝶丁香能尽快开花，再一次把美丽的蝴蝶引来。今年，它们长到了一米多高。

萱草生长旺盛。它们橘红和淡黄的花朵在发光。“发光”（leuchten）是用来描写萱草盛开的动词。玫瑰花不会发光，它们需要其他动词来描述。它们也不会“照耀”（strahlen），银莲花或麦秆菊才会。那玫瑰花是怎样的呢？它们也不会“闪亮”（glänzen），因为玫瑰花有些内敛。它们是克制的。正是这种克制衬托出它们的风采。玫瑰就这样玫瑰着。“玫瑰”就是它的动词。

里尔克喜欢玫瑰和天使。我的花园有很多玫瑰。它们温柔地解放了我的双眼。花园入口处有两尊天使雕像，他们护佑着我的玫瑰园。里尔克写了很多关于玫瑰的诗：

玫瑰，哦，纯粹的矛盾，

乐欲，

不唯彼等而安眠，

又闭着如此多

眼睑。

玫瑰之夜，夜里满是

明亮玫瑰，明亮的玫瑰之夜，

万千玫瑰的眼睑引人入眠：

明亮的玫瑰之眠，我是因你而眠的人。

是你芬芳下明亮的安眠者；

是你冷酷内心中深沉的安眠者。

然后就像这样：一种感觉油然而生，

是因为花瓣抵着花瓣？

还有这样：一个花瓣如眼睑般张开，

花瓣之下又满是眼睑，

闭合着，仿佛要用安睡十番，

来抑制一种内心的目力。

我现在爱看这些有关玫瑰的文字，因为我睡眠不好，渴望来一场深沉却又轻松的睡眠，一场“玫瑰之眠”。我想睡去，变成“无人”（Niemand），变成“无名之人”，那会是一种救赎。今天，我们只关心自我。每个人都想成为“某人”（Jemand），说白了，想“成其本真”，想与他人不同。然而最终，所有人都成了一种人。我想念无名之人。

海德格尔在著名的《关于人道主义的书信》中写道：

> 但若人要再度进入存在的近旁，那么他必须先学会在无名中生存。他必须以同样的方式既认识公众的诱惑，又认识私人的东西之无力。人必须先让存在又对自身说话，然后人才能说；让存在又对自身说话时有一种危险，即，人在此种要求之下就无甚可说或罕有可说了。（熊伟译）

今天，我们有太多的话要说，有太多的东西要交流，因为我们是“某人”。我们既荒疏了宁静，也荒疏了沉默。我的花园是宁静之地。我在花园里制造了宁静的氛围，像许佩里翁一样静静地倾听。

我冥心静听在胸前嬉闹的微风细浪。我忘情于广阔的蔚蓝之中，常常仰望苍穹，俯探圣洁的海洋，仿佛一种亲密的精神为我张开臂膀，仿佛孤独的痛苦正溶于神性的生命。与万有合一，这就是神性的生命，这就是人的苍穹。

数字化加大了通信噪声。它不仅抹掉了宁静，还消除了触觉、物感、香气、芬芳的色彩，特别是大地的沉重感。人类要重回泥土，重回大地。大地是给我们带来幸福的共鸣空间。如果我们离开大地，幸福就会离开我们。

“模拟”与触觉紧密相关。它是有形、可见的。在与维米尔名画《戴珍珠耳环的少女》同名的电影中，有一些色彩混合的美丽场景。主人公对颜料之美赞不绝口。就像在异域风情的香料店里一样去观察如何制作和销售颜料，真是美妙的经历。由天青石制成的“维米尔蓝”（即群青），表现出一种神性。维米尔使用的这种颜色无法由人工合成，而是从石头中提取的。它们像香料一样被研磨，也像香料一样看起来可食用。粉末和糊状物混合在一起，颜料的稠度也充满神秘色彩。从葡萄中提取的色素叫作葡萄拔染浆

（Weinätze）。从甲虫粪便中也可以提取色素。牛尿中居然也能提取出一种看起来像橄榄油的颜料。颜料也会散发香气。

数字化最终会消除现实本身。或者说，现实被去除现实性，变成数字中的一个窗口。很快，我们的视野会等同于三维显示器。我们离现实越来越远。我的花园对我来说是重新获得的现实。

2017年6月30日

昨天，柏林下了一场世纪暴雨，变成了汪洋大海。大雨过后，我来到花园。我非常担心我深爱的植物们。天空依然灰蒙蒙一片。万湖阴沉幽暗。看起来，这场雨没有对我的植物造成任何伤害，反倒滋润了它们。现在，它们郁郁葱葱，枝繁叶茂。绣球花美得令人窒息，尤其是圆锥绣球香草草莓（*Vanille Fraise*）。今天，花园尽态极妍，美不胜收，我陶醉在其中。花园真是一种奢侈品。只有玫瑰垂头丧气。所有其他植物都绿意盎然，花开绚烂。玉簪花开得正旺。它们在雨中看起来是那么神清气爽、生机勃勃、兴高采烈。看来，它们喜欢下雨。

2017 年 7 月 1 日

圆锥花序绣球花的可孕花美得令人陶醉。马桑绣球第一次开花。它病了两年。今年，我为它换了新土，并且施了肥。现在，它也许重获力量，可以开花了。

我喜欢耐阴植物，但也喜欢玫瑰。玫瑰与我不同，它们喜欢阳光。我的本质或许就没有向阳性。我喜欢待在暗处，在明亮的阴暗处，在背阴的光下。玉簪花营造出一种神秘感，看起来深不可测。我真想让自己化为玉簪和绣球。

2017 年 7 月 10 日

明亮的新月
从老石松中探出头来，
刺山柑悄然绽放。

为了再去一睹地中海的景色，我离开了心爱的万湖湖畔花园两周。地中海的字面意思是“在大地中央”。因此，我在这里感到与大地特别亲近。“切近大地”是幸福的。然而，大地这一神的奇妙造物正在遭受数字媒介的摧毁。我喜欢大地的秩序，不会离开大地。对于神所赐予的这份珍贵礼物，我有一种深深的忠诚感和归属感。我认为，宗教的意义无非就在于这种深深的归属感，这种归属反而更能让我获得自由。自由并非四处游荡或不受约束。现在，自由对我来说就是在花园中驻留。

花园的入口处有一棵古树。当得知它其实是一棵黑莓时，我很惊讶。之前，我只知道黑莓是一种灌木。这棵可能已经几百岁的黑莓树散发出一种奇异的美。它让我心情愉悦，只是看着它，就有治愈、释放和救赎的效果。我想，它在伊甸园中是与桃金娘、月桂树和肉桂树一起生长的。我所在之处拥有许佩里翁身旁的景致。

我坐在黑莓树旁已经一天一夜，现在天亮了。它的旁边（我住在维苏威火山附近的一个山坡上）是一棵古老的橄榄树。小屋被叶子花（Bougainvillea）的树篱包围。叶子花开出的花与绣球花很相似。它亮紫色的叶子常常被当成叶子花开出的花，其实那是叶子。这些颜色鲜艳的假花被称为苞叶。它们包裹着两到三朵非常小的白色可孕花。与绣球花不同的是，叶子花喜光，它们对阳光的渴望如饥似渴。叶子花美得迷人，但并不神秘，它缺少不可测的深度。我喜欢绣球花和玉簪花这样的耐阴植物。在我不在的日子，我的芳香玉簪或许已经开花了。

在维苏威火山和那不勒斯湾的壮丽景色中，我几乎整天都在喝坎帕尼亚地区的红葡萄酒“基督之泪”。这是维苏威火山的葡萄酒。渐渐地，我理解了基督的痛苦。坎帕尼亚的“天使”葡萄酒我也喜欢，它有天使般的味道。这里的葡萄园位于火山山坡上。过去，建在那儿的寺院里的僧侣们曾经酿造过葡萄酒。这种酒有一种堪称“神圣”的深度。在我的小屋旁就有一些葡萄园。

> 究竟有谁在天使的阵营中倾听，倘若我呼唤？
> 甚至设想，一位天使突然攫住我的心：
> 他更强悍的存在令我晕厥，因为美无非是
> 可怕之物的开端，我们尚可承受，
> 我们如此欣赏它，因为它泰然自若，
> 不屑于毁灭我们。每一位天使都是可怕的。
>
> ——里尔克《杜伊诺哀歌》(林克译)

不敬神的那不勒斯人将圣山当作垃圾场并在那里放火，

他们将受到严厉惩罚，像庞贝城里的人那样在黑色灰烬中窒息。神的惩罚也许残酷，却有治愈性。维苏威火山将再次施展统治。它的暴力与人的暴力不同，它有“涤除”的作用。我理解许佩里翁在那些变得不信神的希腊人中所感受到的痛苦。在祭坛前，我朗诵了邓南遮的诗《我祈祷了很久》(“Ho pergato a lungo”[1])，这是一首神性的大地之歌。

看着破晓，看着海面上苏醒的光，迷醉又幸福。维苏威火山正在苏醒。它一直都笼罩在烟雾中。它在燃烧。

通往我海边小屋的狭窄小路两旁长满了刺山柑灌木，仿佛从墙上翻涌而出一般。它们开出的花十分漂亮，简直光芒四射。含羞草也开类似的花。它很害羞，从隐蔽处散发出光芒。

醋浸刺山柑蕾是我最喜欢的食物之一。我很快就会将它们采摘下来，并且带回柏林。它们必须浸泡在葡萄酒醋中数月之后才能吃。

我每天都会看着维苏威火山弹奏巴赫的《哥德堡变奏曲》。我叫人在海边小屋里放了一架钢琴，钢琴是豪路格尔

1　pergato 应为 pregato。

牌（Horugel）的。H 在意大利语中不发音。那不勒斯的钢琴租赁公司在电话中说，这架钢琴是一架“管风琴”[1]。我回答说，我需要一架钢琴，而不是管风琴。这架钢琴的声音听起来还可以，但缺乏深度和内涵。我每天都在海边的花园里演奏巴赫的音乐。

地中海的风景给人一种亲密感，它能触碰到我内心的最深处。一只黑鸟拍打翅膀的声音穿透了我，深深触动了我。这里的一切都那么切近，那么亲密（*intim*）。*Intimus* 是 *inter* 的最高级形式。[2] 我在这风景当中。

2017 年 7 月 12 日

第一次在意大利做报告。我先用意大利语朗诵了邓南遮诗歌《松林之雨》中的选段：

静！在树林边
我听不到你说的
人类常说的话

1 意大利语 Horugel 中的 H 不发音，与德语 Orgel（管风琴）发音相似。

2 在拉丁语中，*Intimus* 表示最内里、最深处、最贴近，*inter* 表示在……之间。

只听得远处

雨滴和树叶

新近发出的絮语。

听吧！雨水

从稀疏的云层间落下。

它落在有咸味的、枯焦的

罗望子树上

落在鱼鳞般的

满是针叶的松树上

落在神圣的

桃金娘上

落在一簇簇粲然盛开的

金雀花上

落在松子盈盈、香气四溢的

落叶松上

它又落在我们

散发林木气息的

脸上

落在我们

裸露的手上
落在我们
轻飘飘的衣服上
落在复苏的心扉处
奔泻而出的
清新的思想上
落在美丽的寓言上
它昨天骗了你，
今天又骗了我，
哎，艾米昂妮。

你听到吗？雨水
打落在一片寂寞的
翠绿里
发出淅沥声
声音在空中停留
又随树叶的疏密
变幻不定。
听吧！蝉儿的歌唱

与雨水的悲泣呼应；
不论南方的悲泣也好，
灰沉沉的天空也好，
都不怕蝉儿的歌声。
松树发出
一种声音，桃金娘
发出另一种，落叶松
再是一种——好比
数不清的指头
在演奏各种乐器。
我们同树林的精灵
浑然一体
过着林间生活；
而你那狂喜的脸上
温柔地沾满了雨
就像一片树叶，
而你的一绺绺秀发
也像灿烂的金雀花那样
发出阵阵清香。

哦，你那名叫艾米昂妮的

地上的精灵啊。

（钱鸿嘉 译）

我原本打算在我的故事片《破门而入的男人》中让男主角朗诵这首诗。然而，他没能成功地朗诵出来。今天我用意大利语“吟唱”了邓南遮的这首诗。这是一首“大地之歌”，所以一定要“唱”出来。

2017 年 7 月 17 日

今天我去了圣嘉勒修道院。安静的回廊里有一棵古老的橙子树，上面挂着手绘的锡釉彩陶。我从地上拾起一个橙子，闻着很香。我想把它带回柏林，这样就可以时时记起那不勒斯的大地。然而，这芬芳的大地却被不敬神的人所排放的废气污染了。

在主教教堂里，一位叫朱塞佩的圣方济会修士为我祈福。我们互相拥抱。我的洗礼名是阿尔贝托。在意大利，很多人都叫阿尔贝托。那不勒斯的一个出租车司机也叫阿尔贝托。他告诉我，8 月 7 日是他的命名日，他不会忘记这个日子。在韩国的教堂里大家都叫我阿尔贝托。天主教堂就在我家附近。我生来就有信仰，甚至受到信仰的庇护。我每天都会祷告。我和妹妹平常会蹲坐在屋前的楼梯上，那位用鲜花装饰圣坛的修女总会送一朵花给我们。因此我们叫她花姐，她人美心善。

在圣嘉勒广场的主教教堂里，我满心都是圣灵，他在祭坛上被照得通亮。但这里的人都畏光，或是光盲。游客们在圣坛前、在圣灵前自拍，而圣灵本应让人无我。圣灵代表爱与和解。我试图赶走这些无所顾忌的游客。有些人对我的愤怒提出了强烈的抗议。我理解了在圣殿山上赶走商人的耶稣。金钱摧毁了圣灵。大地是宝贵的、无价的。但人们却为了钱而摧毁它，这是多么无耻的行径！

2017 年 7 月 20 日

黎明时分在花园里走一走，看一看这些植物，真是太美好了。它们的崇高之美总是令我惊叹。

我从来都不喜欢常春藤。它在坟墓和墙壁上蔓延。我虽喜欢耐阴植物，但只喜欢散发光彩的植物，比如散发粉红光芒的落新妇。在此之前，我一直都认为常春藤缺乏发光的力量。但是，在海边的花园里，常春藤因为开着明亮的白花，以完全不同的亮度出现。起初，我以为常春藤只有深绿色的叶子，不会开花。今天我看到开花的常春藤，为它的美而倾倒。它散发着光芒，未开放的花蕾上有一层散发丝质光泽的绒毛。我爱上了它，爱上它含蓄的光芒。

在古代，常春藤是迷醉的象征。我记得在柏拉图的对话《会饮篇》中，常春藤与醉酒有关：

> 阿尔基比亚德来了，喝得酩酊大醉。他戴着常春藤和紫罗兰编织的花冠（狄奥尼索斯的标志），头发上还缠绕着许多飘带，身边是狂欢者和在会饮开始时被赶走的吹笛女。

常春藤坚忍不拔。它是爱情和忠贞的象征。特里斯坦与伊索尔德在为爱而死之后被分开埋葬。但据说，常春藤的卷须从他们的坟墓里长了出来，使他们在爱中重聚。常春藤有一种特别的生命节奏，这使我对它产生了好感。它生长多年后才会开花，花期很长，可以一直开到次年春天。它的花会引来蜜蜂和蝴蝶。美丽的红蛱蝶黑红相间、光彩夺目，它特别喜欢常春藤的花。

2017 年 7 月 21 日

刺山柑花蕾突然红了，像喝醉酒时红了脸，露出了黑色的种子。我摘了一些刺山柑花蕾，把种子从滑溜溜的黏液中分离出来。希望它们能发芽，并在墙边迅速生长。它们或许只会存活一个夏天，因为它们恐怕无法熬过柏林的冬天。

我想说几种远在柏林的花园里尚未被提及的植物：我种了一株带粉红色花苞的朝鲜香荚蒾（*Viburnum carlesii*）。离它不远的地方是日本金松（*Sciadopitys verticillata*）。在停止生长很久后，它的轮廓在今年明显变大了。新发出的芽是浅绿色的。白色的舟形乌头（*Aconitum napellus*）也很美。金露梅（*Potentilla fruticosa*）展现了不露声色的美。在阳光下的角落里，石头之间的高山虎耳草（*Saxifraga*）长势喜人。它们喜欢石头，德文名字的字面意思就是“断石”（Steinbrech）。中国紫珠（*Callicarpa bodinieri*）在德文中被称为“美丽果实”（Schönfrucht）。它结出的果实也确实美，像紫色珍珠一样闪闪发光。我在柏林植物园花卉市场买了朝鲜鱼腥草（*Houttuynia cordata*），它有一种奇特的肉香。这种植物原本叫作“山椒鱼尾”（*Molchschwanz*），或者“蜥蜴尾”（*Eidechsenschwanz*）。

花园四周是早春杜鹃，顾名思义，它开花很早。背阴处，百合科的欧洲狗牙堇（*Erythronium denscanis*）悄然绽放。种在石灰石槽旁边的莎草（*Carex baldensis*）看起来风姿绰约。我曾经在石槽里养了两条日本金鱼，冬天来临前，我不得不把它们放入万湖。花园的背阴处，德语中被称为“滴泪的心”（Tränendes Herz）的荷包牡丹（*Dicentra spectabilis*）闪耀着光芒。我的花园里有许多香草：香车叶草、百里香、芫荽、薄荷、罗勒和欧芹。薰衣草花期持久，从春季一直到深秋，开花不断。冬天，我在指间摩挲它的叶子，嗅闻它们的味道。那种香气能让人宁心静气。绵杉菊（*Santolina viridis*）的香气也深得我心。

2017 年 7 月 23 日

幸运的是，维苏威火山已不再燃烧。它再次显现出清晰的轮廓。我每天都会朝着维苏威火山的方向游泳。看着大海和地平线上高耸的黑色山脉，心旷神怡。我用热乎乎的沙子盖住脚，手指揉搓着沙中的小贝壳。蜥蜴在墙上倏忽而过。

它们显然喜欢大地和大地的温暖。

今天，我追着一只黄嘴海鸥游泳。它平静地停在水面上。当我试图触摸它时，它飞走了。海鸥是一种非常优雅的鸟。

2017 年 7 月 25 日

我回到了柏林。在海边的那不勒斯花园里，我能感受到一种神圣的温暖。那棵起初被我误认为是黑莓的老桑葚，是让我深深感受到的神赐之福。住在海边的感觉美好而宁静。只是那不勒斯上空刺鼻的发自人类的臭气，确切地说，是太过人性的臭气，扰乱了大自然芬芳的宁静。

我马上就要把采摘到的刺山柑花蕾密封装瓶。人们常说的醋浸刺山柑其实是刺山柑的花蕾，它比刺山柑果实的味道更细腻，但二者的气味相同。

在回程的飞机上，我感觉自己好像在飞越一望无际的冰雪沙漠。一朵朵凸起的云看起来就像一座座冰山。返回柏林的飞行因而成为一次特殊的“冬之旅”。

时间已接近午夜时分，我冲向万湖湖畔的花园，就像去看望心爱的、被独自留在家里两周的女儿。我无法等到第二天早上再去。我爱我的花园，感觉对它负有一份责任。

在柏林，我还从未经历过这样的滂沱大雨。它像瀑布一样倾泻而下。经过两周无雨的日子后，这场雨对我来说是场好雨。我想，对邓南遮来说，这场罕见的雨就像基督之泪一般，一定有一种特殊的、神圣的价值。因此，雨或许是一种赐福：

木扎根
溪争流
磐可恃
雨绵连。

田守候
泉汩流
风栖居
福思忖。

风栖居（wohnen）？这其实不对，风是漫游的（wandern）。对于海德格尔来说，他的心却是安于故土的。他喜欢栖居，不喜欢漫游。他是一个希腊“裔”德国思想家。庄子则喜欢漫游，他的《大地之歌》或许会是这样的：

木休憩
溪淌流
磐矗立
雨纷下。

田驻留
泉急涌
风漫游
福踏地。

滂沱大雨中，我看着那些花。我喜欢拿来充当相机聚光灯的手电筒让花儿们看起来更加美丽。

盛开的绣球花令人痴迷。它们喜欢下雨。马桑绣球的花苞一开始呈球形，之后就会灿烂地绽放。它们真的就像慢镜头下的烟花那样爆开，呈现的美无以言表。

我在雨中将玫瑰剪下。它们不喜雨，我祝福它们能享受充足的光照。米拉别里李子、苹果和葡萄逐渐成熟。红醋栗浆果已经可以吃了。持续的潮湿让米拉别里李子树下长出了大蘑菇。它们可能有毒，不过闻起来有泥土的香气，令人感到惬意。我真想吃掉它们。芳香玉簪尚未开花。它可能是晚开花的植物，入冬时或许会开吧。紫色的风铃花仿佛是照进夜里的一抹光亮。薰衣草的香味在雨天弥漫开来。蝴蝶丁香此刻正饱受雨水之苦。今年，只有几只蝴蝶造访过它。

今天，我忙于应付这个不美好的世界，以至于错过了月食，真蠢！

2017 年 8 月 11 日

苹果个头更大了。米拉别里李子渐渐成熟。看着它们的金色光泽，我心情十分舒畅。它们吃起来很酸。蝴蝶丁香仍在盛开。一只粉蝶和一只孔雀眼蝶落在浅紫色的花伞上一动不动。

一只灰色的大蜻蜓突然在我耳边嗡嗡作响。去年，它也来过这里，也许是个好兆头。小的时候，我曾经用抄网捉过蜻蜓，然后又会把它们放掉。我不理解我的那些同伙将蜻蜓肢解的残暴行为。我还喜欢钓鱼，钓上来的鱼也被我放生。

钓鱼只是一种冥想的过程。花园里的园艺工作实际上也不是工作，而是一种冥想，一种在宁静中的驻留。

芳香玉簪开花了。奇怪的是，今年它没有香味。是因为太潮湿吗？它本来是一种散发香味的晚花植物。西洋蓍草看起来美轮美奂，很像绣球花。它并非被我种下的，而是作为“杂草”不请自来的，它给我带来了欢欣。还有其他“杂草”，我希望它们能一直留在花园里，因为它们好看，不蔓生，是一颗颗精美的宝石。

2017 年 8 月 15 日

有一些花光怪陆离。在我柏林公寓的院子里有一种灌木，开着一种奇异的花。它看起来像中国的红灯笼。起初，我以为这株灌木是“滴泪的心”（荷包牡丹），实际上却不是。它看起来像具有异国情调的灯罩，还有四个小棒槌做点缀。我的花园里有一株酸浆，它在格桑花旁闪耀着灿烂的红色，一直会红到秋天。

2017 年 8 月 21 日

芳香玉簪开花了。我喜欢这种开花晚的玉簪。晚花尤香。

油点草的花期到了。它们也是晚开的花。秋银莲花开出白色和粉色的花。贞洁树在静待秋天的到来。朝鲜鱼腥草的花非常奇特，它有一个白色穗状花序雌蕊，带有四个白色苞片。香草类植物往往会开出美丽的花。明年，我会种一些朝鲜薄荷。据说这种薄荷与本地品种不同，它不会泛滥生长。我不喜欢肆意疯长的植物。

2017 年 8 月 25 日

今天宛如又潮又凉的秋日。秋天已经开始降临。米拉别里李子变成了深黄色，味道甜美，它今年结的果子颇多。苹果长得却不太好。只有几个苹果依稀可见。今年的苹果又酸又涩。很明显，这棵树没有得到充足的光照。日本金松今年长得更大了，闪耀着明亮的绿色。

在一场场毁灭性的森林大火后，此刻的世界似乎正被“洪水”般的暴雨淹没。人类将大地变得面目全非。现在正为自己的鲁莽和愚蠢而受到惩罚。今天的大地比以往任何时候都更需要赞颂。我们必须保护大地。否则，我们将因破坏之举而自取灭亡。

但有危险的地方，

也有拯救在生长。

——荷尔德林

2017 年 8 月 29 日

今天天气晴朗，但秋意已浓。玫瑰花苞冒个不停。它们继续无所畏惧地绽放。我又给它们做了修剪。绣球花正处于最后的花期。它们已逐渐失去散发颜色和光泽的力量。它们五颜六色的“假花”正在慢慢褪色。今年，晚开的粉边白色绣球花看起来特别漂亮。它半隐半现，在玉簪花之间绽放。

绣球花的伞形干花在冬天看起来特别漂亮。它们是伴我幸福地度过整个冬天的最美冬花。我喜欢它们病态的美。春天，这些干花在郁郁葱葱的嫩芽旁看起来格外迷人。

在散发芬芳的花朵中，晚开的芳香玉簪是最美的。在我的花园里，没有一种花的气味如此优雅、轻盈、矜持、尊贵和细腻。我真想像它们那样散发香气。

2017 年 9 月 3 日

虽然黑眼苏珊还在零星开放，但天气却已经很凉了。贞洁树继续不卑不亢地绽放花朵，照亮了整个秋天。现在，开得最漂亮的花是高大、白色的木槿花和日本秋银莲花。我想称它们为“永恒闪耀之花”（*Coruscis perennis*）。木槿花优雅、纯洁。同许多美丽的花一样，它来自亚洲。可以说，我的秘密花园其实是一个东亚花园。已在我的花园里生长三年的蜡梅（*Chimonanthus praecox*）仍然不愿意开花。据说，蜡梅的香味十分诱人。我希望它明年能开花。“希望”是园丁的时间模式。因此，我对大地的赞颂，是对来临中的大地的赞颂。

2017 年 11 月 20 日

今天，天气冰冷，下了大雨、冰雹。天亮前，我再次来到花园。秋天的落叶已齐膝高。冬樱花疯狂地开花，仿佛现在是春天。白色圆锥绣球花仍在绽放。在这初冬的寒意中依然还能开花，真是令人难以置信。其他绣球花则完全枯萎了。玫瑰几乎倔强地保持着它们的形状和颜色。它们被白霜附着时，看起来特别迷人。

现在，酸浆果的外皮已经完全透明。透过精细的脉络结构，它红色的果肉依稀可见，整个看起来就像一件珍贵的饰品。大地是一个艺术家、玩家，一个诱惑者。她是浪漫的。她让我心生感激，还常常让我深陷于思。思即感激。

小时候，我把酸浆果小心地掏空，吹成小气球，放在嘴里玩，还可以发出声音。在花园里，我找回了一段童年。

中国紫珠结出了紫色的珠子，它们在黎明时分散发着光彩。大地不仅是美丽的，更是神奇的。我们应该爱护它，对它呵护有加；更要赞颂它，而不要残暴地利用它。我们有责任去爱护美。这是我从花园中学到和体验到的。

附录　韩炳哲著作年谱

Heideggers Herz. Zum Begriff der Stimmung bei Martin Heidegger.

Wilhelm Fink, Paderborn 1996.

《海德格尔之心：论马丁·海德格尔的情绪概念》

Todesarten. Philosophische Untersuchungen zum Tod.

Wilhelm Fink, Paderborn 1998.

《死亡类型：对死亡的哲学研究》

Martin Heidegger. Eine Einführung.

UTB, Stuttgart 1999.

《马丁·海德格尔导论》

Tod und Alterität.

Wilhelm Fink, Paderborn 2002.

《死亡与变化》

Philosophie des Zen-Buddhismus.

Reclam, Stuttgart 2002.

《禅宗哲学》（陈曦译，中信出版社，2023 年）

Hyperkulturalität. Kultur und Globalisierung.

Merve, Berlin 2005.

《超文化：文化与全球化》（关玉红译，中信出版社，2023 年）

Was ist Macht?

Reclam, Stuttgart 2005.

《什么是权力？》（王一力译，中信出版社，2023 年）

Hegel und die Macht. Ein Versuch über die Freundlichkeit.

Wilhelm Fink, Paderborn 2005.

《黑格尔与权力：通过友善的尝试》

Gute Unterhaltung. Eine Dekonstruktion der abendländischen Passionsgeschichte.

Vorwerk 8, Berlin 2006; Matthes & Seitz, Berlin 2017.

《娱乐何为：西方受难史之解构》（关玉红译，中信出版社，2019 年）

Abwesen. Zur Kultur und Philosophie des Fernen Ostens.

Merve, Berlin 2007.

《不在场：东亚文化与哲学》（吴琼译，中信出版社，2023 年）

Duft der Zeit. Ein philosophischer Essay zur Kunst des Verweilens.

Transcript, Bielefeld 2009; 2015.

《时间的香气：驻留的艺术》（吴琼译，中信出版社，2024 年）

Müdigkeitsgesellschaft.
Matthes & Seitz, Berlin 2010; 2016.
《倦怠社会》（王一力译，中信出版社，2019 年）

Shanzhai. Dekonstruktion auf Chinesisch.
Merve, Berlin 2011.
《山寨：中国式解构》（程巍译，中信出版社，2023 年）

Topologie der Gewalt.
Matthes & Seitz, Berlin 2011.
《暴力拓扑学》（安尼、马琰译，中信出版社，2019 年）

Transparenzgesellschaft.
Matthes & Seitz, Berlin 2012.
《透明社会》（吴琼译，中信出版社，2019 年）

Agonie des Eros.
Matthes & Seitz, Berlin 2012.
《爱欲之死》（宋娀译，中信出版社，2019 年）

Bitte Augen schließen. Auf der Suche nach einer anderen Zeit.
Matthes & Seitz, Berlin 2013.
《请闭上眼睛：寻找另一个时代》

Im Schwarm. Ansichten des Digitalen.
Matthes & Seitz, Berlin 2013.
《在群中：数字景观》（程巍译，中信出版社，2019 年）

Digitale Rationalität und das Ende des kommunikativen Handelns.
Matthes & Seitz, Berlin 2013.
《数字理性和交往行为的终结》

Psychopolitik: Neoliberalismus und die neuen Machttechniken.
S. Fischer, Frankfurt 2014.
《精神政治学：新自由主义与新权力技术》（关玉红译，中信出版社，2019年）

Die Errettung des Schönen.
S. Fischer, Frankfurt 2015.
《美的救赎》（关玉红译，中信出版社，2019 年）

Die Austreibung des Anderen: Gesellschaft, Wahrnehmung und Kommunikation heute.
S. Fischer, Berlin 2016.
《他者的消失：现代社会、感知与交际》（吴琼译，中信出版社，2019 年）

Close-Up in Unschärfe. Bericht über einige Glückserfahrungen.
Merve, Berlin 2016.
《模糊中的特写：幸福经验报告》

Lob der Erde. Eine Reise in den Garten.
Ullstein, Berlin 2018.
《大地颂歌：花园之旅》（关玉红译，中信出版社，2024 年）

Vom Verschwinden der Rituale. Eine Topologie der Gegenwart.
Ullstein, Berlin 2019.
《仪式的消失：当下的世界》（安尼译，中信出版社，2023 年）

Kapitalismus und Todestrieb. Essays und Gespräche.
Matthes & Seitz, Berlin 2019.
《资本主义与死亡驱力》(李明瑶译，中信出版社，2023 年)

Palliativgesellschaft. Schmerz heute.
Matthes & Seitz, Berlin 2020.
《妥协社会：今日之痛》(吴琼译，中信出版社，2023 年)

Undinge: Umbrüche der Lebenswelt.
Ullstein, Berlin 2021.
《非物：生活世界的变革》(谢晓川译，东方出版中心，2023 年)

Infokratie. Digitalisierung und die Krise der Demokratie.
Matthes & Seitz, Berlin 2021.
《信息统治：数字化与民主危机》

Vita contemplativa: oder von der Untätigkeit.
Ullstein, Berlin 2022.
《沉思的生活，或无所事事》(陈曦译，中信出版社，2023 年)

Die Krise der Narration.
Matthes & Seitz, Berlin 2023.
《叙事的危机》(李明瑶译，中信出版社，2024 年)

插画目录

（见随书卡片 / 按原书顺序）

【16】Christrose / *Helleborus niger* 圣诞玫瑰

【17】Saxifraga / *Saxifraga kabschia* 高山虎耳草

【18】Schwarzer Mohn / *Papaver paeoniflorum* 黑色虞美人

【19】Maulbeerbaum / *Morus rubra* 桑葚

【20】Kaper / *Capparis spinosa* 刺山柑

【21】Bougainville / *Bougainvillea* 叶子花

【22】Molchschwanz / *Houttuynia cordata* 鱼腥草

【23】Japanische Krötenlilie / *Tricyrtis japonica* 日本油点草

【24】Chinesische Winterblüte / *Chimonanthus praecox* 腊梅花